Dongeng Hitam Putih

IKHWANUL HALIM

DONGENG HITAM PUTIH
Ikhwanul Halim
Copyright © Ikhwanul Halim

Desain Sampul & Tata Letak: Tim Pimedia

Diterbitkan oleh PIMEDIA Bandung
Cetakan pertama 2020
Cetakan kedua 2023

ISBN 978-623-94522-7-8

Hak cipta dilindungi undang-undang. Dilarang memperbanyak atau memindahkan sebagian atau seluruh isi buku ini ke dalam bentuk apapun, baik secara elektronik maupun mekanik, termasuk memfotokopi, rekaman, dan lain-lain tanpa izin tertulis dari penerbit.

Dicetak oleh PIMEDIA Bandung.

Kupersembahkan untuk

Kasih Avisti
&
Ega Megah Rachmawati

Kalian alasanku bertahan di bumi manusia

Dongeng Pengantar Tidur

Engkau tiba saat senja jatuh seperti yang selalu Engkau lakukan, pada waktu yang rapuh ketika pita tipis lembayung kemerahan berjuang menangkis mengatasi dengan sia-sia kegelapan yang datang.

Untuk satu momen yang bunting ranum Engkau berhenti sejenak, dan kami seperti bocah kecil dari dunia lain, dijaga oleh ibu yang penuh kasih yang tak terperi.

"Waktu tidur, anak-anak."

Suara Engkau jelas berdering didengar oleh semua makhluk, menggaungkan paduan suara erangan dari seluruh sudut kuadran.

"Tidak. Cukup. Tunggu sebentar lagi. Belum selesai."

"Maaf, anak-anak. Sudah waktunya," Engkau bertegas. "Ada yang lain lagi menunggu."

Berangsur tenang kami setuju, dan ritual malam dimulai. Engkau terlihat bermain seribu kali di seribu dunia berbeda. Beberapa lari ke gua yang terlupakan di perbukitan terdekat. Sebagian berperang. Ada yang bersembunyi. Namun ada juga yang hanya duduk dan menunggu.

Saat itulah Engkau memulai. Angkau tahu benar tentang hari pertama bermla. Tatapan polos dan suara segar — sorak canda tawa, berlari dan bermain. Janji dan potensi.

Begitu banyak harapan dan impian. Masa depan masih berupa janin dan berkah belum hadir lagi. Kisah demi kisah — kesedihan, kemenangan, hidup mulia dan penderitaan singkat.

Terus dan terus kami mendengar penuh perhatian, tidak berani melewatkan bagian yang merupakan jatah kami.

Engkau kisahkan kematian dan kelahiran dan kehidupan yang terus berulang miliaran kali berganda. Engkau ceritakan tentang matahari sore dan mimpi yang terpenuhi meski tak diinginkan.

Kami tertawa dan menangis karena kami tahu. *Kami tahu.*

Engkau bercerita tentang perang, kekacauan, dan kehancuran. Tentang pesawat tanpa awak, hutang menggigit dan peretas robot. Tentang terbuang dari dimensi ke-10 dan kematian Habil yang terus berulang, hilang, dan berulang.

Kami menekukkan kepala karena kami tahu. *Kami tahu.*

Akhirnya Engkau terdiam. Saatnya telah tiba.

Pemberontakan spesies batu bara dan fosil dinosourus akhirnya membuat dirinya sendiri bangkrut. Saat akhirnya bertahan sekadar bertahan menghadapi nasib terakhir spesies kita. Tanpa pendar lampu gas mulia, tanpa gelombang tak kasat mata untuk menyembunyikannya, noda bintang muncul melalui senja yang tenggelam, memandikan kita dalam sinar hantu semesta.

"Apa yang akan terjadi pada kami saat kami memejamkan mata? Apakah kami akan dilupakan?"

Engkau tertawa dengan tawa yang penuh kasih dan sungguh lembut.

"Tidak, anak-anak. Tidak dilupakan. Apakah menurut kalian saya menceritakannya hanya untuk kalian? Kata-kata saya terukir di cetak biru DNA kalian, jadi mereka yang akan datang akan mengenal kalian dan apa yang telah kalian lakukan."

"Semuanya?" kami bertanya.

"Hanya yang harus saja," Engkau menjawab.

Dengan mata terbelalak, kami memohon: Cerita itu. Itu untuk mereka yang belum bangun, mereka yang memiliki masa depan namun tanpa masa lalu.

Engkau menenun kisah tentang burung gagak dan rajawali, air dan api, naga, serigala dan kupu-kupu. Cerita yang penuh dengan permulaan namun tiada tamatnya.

Dan kami tidur lelap karena kami tahu. *Kami tahu.*

Ikhwanul Halim

Daftar Isi

Dongeng Pengantar Tidur iv
Daftar Isi vii
Legenda Burung Gagak dan Rajawali, Suatu Hari 1
Kakek Pembuat Seruling 5
Pelukis Bintang 9
Tarian Air dan Api (St. Elmo's Fire) 12
Putri dan Kodok Bangkong 17
Lagi-Lagi Kisah Putri dan Kodok 20
Pondok di Tengah Hutan 24
Si Tudung Merah dan Serigala 27
Princess Syantique Ingin Kawin Lari 29
Tiga Permohonan 31
Dongeng Hitam Putih 33
Dongeng Naga 43
Ular dan Kodok 46
Tiga Permintaan 49
Istri Jin Pengabul Keinginan 50
Jin dalam Botol 57
Jin Warisan Keluarga 64
Tidurlah, Tidur 67
Kepak Sayap Kupu-Kupu 70
Satu Jam Bersama Dora 72
Puri di Awan 76
Tujuh Alasan Mengapa Tidak Boleh Memelihara Gajah Afrika 82
Upah Minimum Buruh Sihir 84
Tidak Terkenal 86
Kisah Sedih Puti Nan Aluih 91
Hilang 94
Keramik Porselen yang Rapuh 98

Pintu di Langit 103
Bulan di Muka Pintu 107
Enam Tips Membunuh Naga 112
Penghuni Terakhir 116
Putri, Kacang, dan Cermin...................................... 118
Lagu Kecil yang Sedih untuk Prajurit..........................122
Putri Musim Dingin 126
Ikan Mas di Kolam Air Mancur................................. 131
Sepucat Salju Sekelam Darah.................................134
Sapu 137
Selembar Lontar dari Janda Desa Girah untuk Erlangga alias Sri Maharaja Rakai Halu Sri Dharmawangsa Airlangga Anantawikramottunggadewa 139
Fiksi Penggemar 143
Mereka Hidup Bahagia Selamanya, Tamat....................146
Tentang Penulis 148

Legenda Burung Gagak dan Rajawali, Suatu Hari

(*Tidak sebagaimana dongeng umumnya yang dibuka dengan 'Dahulu kala', legenda dari Afrika ini dimulai dengan 'Suatu hari'.*)

Suatu hari, Kungu'ru, Sultan Burung Gagak, mengirim surat ke Mua'iwai, Kaisar Rajawali.

Isinya,
Aku perintahkan kalian menjadi prajuritku.

Pesan itu dibalas Mua'iwai singkat saja: *Jangan pernah berharap.*

Kungu'ru, menggertak Mua'iwai, mengirim pesan kedua: *Jika kalian menolak mematuhiku, kami akan menyerang.*

Dijawab oleh Kaisar Rajawali: *Siapa takut? Kapan dan di mana? Kalau kalian menang, kami akan jadi prajuritmu, tetapi jika kami yang menang, kalian menjadi budak kami.*

Singkat cerita, pasukan mereka terlibat dalam pertempuran akbar yang sengit. Pasukan gagak dihajar sampai babak belur dan jelas tak lama lagi harus menyerah kalah secara memalukan dan memilukan.

Karena sudah pasti jika tidak segera melakukan sesuatu suku mereka akan tumpas, seekor gagak tua bernama Jiusi, mengusulkan agar mereka terbang meninggalkan kampung halaman.

Tanpa membuang waktu, seluruh burung gagak yang masih hidup meninggalkan sarang mereka dan terbang jauh, dan kemudian mendirikan ibukota baru di tengah rimba pedalaman. Jadi ketika para rajawali memasuki tempat itu, mereka tidak menemukan satu pun makhluk hidup yang bergerak di sana. Mua'iwai memutuskan untuk migrasi ke Kota Gagak dan mengganti namanya menjadi Kota Rajawali Baru.

Suatu hari (*suatu hari* yang kedua), burung gagak mengadakan rapat dewan. Kungu'ru berdiri di podium dan berpidato tanpa teks: "Rakyatku, lakukan seperti yang kuperintahkan padamu, dan yakinlah semuanya akan baik-baik saja. Cabut buluku sebagian dan lemparkan aku ke Kota Gagak Lama. Setelah itu, kalian kembali ke sini dan tunggu kabar dariku."

Tanpa banyak cincong, para gagak mematuhi perintah Sultan mereka yang memang sudah terkenal sebagai *Sultan of Prank*.

Singkat cerita (*singkat cerita* kedua), baru saja Kungu'ru berbaring di jalan protokol Kota Rajawali Baru, patroli burung Rajawali yang lewat melihatnya dan bertanya (tak lupa menonjok dan menendang ekornya), "Apa yang kamu lakukan di kota kami, Gagak?"

Sambil mengaduh dia menjawab, "Teman-temanku telah memukuli dan mengusirku karena aku menyarankan untuk menyerah kepada Mua'iwai, Kaisar Rajawali."

Mendengar ini, komandan pasukan keamanan Rajawali membawanya ke hadapan Kaisar, kepada siapa mereka berkata, "Kami menemukan gagak ini terbaring di jalan, dan dia mengaitkan keberadaannya yang bukan disengaja di kota kita dengan suatu keadaan yang sangat unik sehingga kami berpikir Baginda Kaisar yang Mulia harus mendengar langsung dari paruhnya."

Kungu'ru diminta untuk mengulangi pernyataannya, yang dia lakukan karena sayapnya dipelintir sedikit. Tak lupa dia menambahkan bahwa, meskipun dipaksa, dia tetap berpegang pada pendapatnya bahwa Mua'iwai adalah Kaisar yang sah sesuai Resolusi Persatuan Masyarakat Burung Antarrimba tentang Pampasan Perang.

Tentu saja Mua'iwai terkesan. Buktinya dia berkata, "Kamu lebih masuk akal daripada semua seluruh bangsa gagak disatukan. Saya kira kamu bisa tinggal di sini dan tinggal bersama kami."

Maka Kungu'ru mencium sayap Mua'iwai untuk mengungkapkan rasa terima kasihnya, memutuskan untuk *'menghabiskan sisa hidupnya bersama burung rajawali'*.

Suatu hari (*suatu hari* yang ketiga), rajawali tetangganya mengajak Kungu'ru ke Kuil Dewa Rajawali, dan ketika kembali ke rumah, dia ditanya, "Agama siapa yang terbaik, Rajawali atau Gagak?"

Kungu'ru tua bangka yang licik menjawab dengan berapi-api, "Sudah pasti agama Rajawali!"

Jawaban itu menyenangkan rajawali mana pun, dan Kungu'ru dipandang sebagai burung yang memiliki kecerdasan dan ketajaman pemikiran yang luar biasa.

Hampir satu minggu telah berlalu. Sultan Gagak *incognito* itu menyelinap di malam hari, terbang ke Kota Gagak Baru. Dia mengundang gagak-gagak pejabat berkumpul di rumahnya.

"Besok," katanya, "adalah hari besar agama Rajawali. Pagi hari, mereka semua akan berkumpul di kuil untuk merayakannya. Sekarang pergilah kalian mengumpulkan ranting-ranting kayu dan api. Tunggu di balik bukit di selatan kota Gagak Lama sampai aku memanggil kalian, kemudian secepatnya bakar kuil burung-burung sesat itu!"

Setelah itu, buru-buru dia bergegas terbang kembali ke kota Rajawali Baru.

Burung-burung gagak sangat sibuk sepanjang malam itu, dan menjelang subuh, mereka telah mengumpulkan ranting kayu dan api, menunggu di balik bukit dekat kampung halaman mereka yang dikuasai musuh.

Pagi hari, semua burung rajawali pergi ke kuil. Tidak ada satu ekorpun yang tersisa di rumah selain Kungu'ru tua.

Ketika tetangganya mendatangi rumahnya, mereka menemukan Kungu'ru sedang berbaring.

"Hayo bangun!" kata tetangga, "apakah kamu tidak ikut ke kuil?"

"Oh," katanya lirih, "sebetulnya aku ingin ikut, tapi perutku sakit sekali sehingga aku tidak bisa bergerak!"

Kungu'ru memegang perutnya sambil mengerang hebat.

"Ah, kasihan!" kata tetangganya. "Kamu beristirahat saja biar cepat sembuh." Lalu mereka meninggalkannya sendirian.

Segera setelah semua pergi, dia terbang dengan cepat ke balik bukit dan memberi komando, "Pasukan, serang dan bakar kuil Dewa Rajawali!"

Para prajurit gagak merayap dengan cepat dan senyap, dan sementara sebagian menumpuk kayu di pintu kuil, yang lain mulai membakarnya.

Api menyambar ranting-ranting kayu dengan ganas. Sebelum para rajawali menyadari, kuil dipenuhi kabut asap. Lidah api menembus celah-celah dinding sehingga mereka mencoba menyelamatkan diri melalui jendela kuil. Namun sebagian besar dari mereka terlanjur mati lemas, atau gagal terbang karena sayapnya cedera, dan dengan demikian terbakar sampai mati. Termasuk di antara korban adalah Kaisar Rajawali, Mua'iwai.

Singkat cerita (ini *singkat cerita* terakhir), Kungu'ru dan rakyatnya berhasil merebut kembali Kota Gagak, kampung halaman mereka. Dan sejak hari itu hingga sekarang, burung rajawali selalu terbang tinggi menjauh dari burung gagak.[]

Kakek Pembuat Seruling

Di sebuah negeri tanpa nama karena tidak tercantum di Google Maps, hidup seorang Kakek pembuat seruling. Dia tinggal di sebuah rumah kecil di pinggir jalan menuju hutan.

Membuat seruling merupakan keinginan dan tujuan hidupnya. Setiap kali dia membuat seruling, alat musik itu diberikannya pada anak laki-laki atau perempuan yang lewat di depan rumahnya.

Kakek itu tidak mempunyai cita-cita atau mimpi selain menjadi pembuat seruling. Rumahnya adalah sebuah rumah kecil di pinggir jalan menuju hutan. Hutan lebat di belakang rumahnya penuh dengan pohon rindang dan rumpun bambu. Anak laki-laki dan perempuan di mana-mana memainkan serulingnya.

Bambu di hutan semakin langka, karena bukan hanya dia saja yang menggunakannya. Bambu juga dipakai untuk membuat layang-layang raksasa, keranjang penumpang balon udara, dan sebagai bahan bakar dapur rumah tangga dan pengrajin keramik kaca. Namun, hutan yang menipis masih memiliki pohon-pohon yang rindang dan teduh dan merupakan tempat yang baik untuk berjalan-jalan.

Setiap pagi Kakek duduk di kursi goyang di beranda dan mendengarkan burung-burung berkicau. Ketika mentari mulai mendaki kaki langit, burung-burung bersiul dan mengirimkan pesan kepada teman-teman mereka. Kakek mendengarkan setiap suara yang keluar dari hutan. Dia mendengar setiap kicauan dan tidak pernah ada nyanyian burung yang tak didengarnya.

Setelah mendengarkan burung bernyanyi, dia akan menentukan lagu yang paling cocok untuknya hari itu. Kemudian dia berangkat ke hutan untuk menemukan bambu untuk dipotong yang suaranya mampu mengabadikan nyanyian itu.

Meski bambu hutan semakin jarang, tapi Kakek dikaruniai keajaiban oleh peri hutan. Dia selalu mendapatkan potongan bambu yang sesuai dengan keinginannya, tak pernah sekali pun dia gagal menemukan bambu yang tepat. Bisa berupa bambu betung yang yang menjulang di tepi jurang, bambu apus di sisi sungai, bambu ater yang kokoh di antara semak perdu, atau bambu ampel yang menempel di dinding ngarai.

Tidak hanya resonansi suaranya yang tepat, namun bentuknya juga menarik hati. Bahkan, pernah dia membuat seruling dari bambu liuk tiga yang meniru bunyi prenjak. Dan dia selalu memberikan seruling yang dibuatnya untuk anak-anak laki atau perempuan yang melintas di depan rumahnya.

Oh, Kakek begitu menyukai lagu-lagu yang disiulkan burung-burung, sampai dia bisa tahu hari apa dan tanggal berapa berikut tahunnya hanya berdasarkan suara burung. Burung-burung datang dan pergi dari tempat jauh dan dekat. Beberapa akan terbang ke sisi lain dunia dan menghilang selama berbulan-bulan. Beberapa burung merah kuning kecil menetap sepanjang tahun, menyanyikan lagu-lagunya. Dia mencintai semua burung, baik yang tinggal maupun yang bepergian ke ujung dunia.

Suatu hari, ketika dia sedang tidur siang, seorang pencuri yang lewat mencuri pisau sang Kakek.

Betapa sedihnya dia. Betapa sedihnya anak-anak laki dan perempuan ketika tidak ada lagi seruling yang dibagikan dengan gratis. Seseorang di kota menyampaikan kabar bahwa burung-burung telah berhenti bernyanyi, hutan kini adalah tempat yang gelap suram dan sunyi yang menyeramkan bahkan untuk kesatria yang paling pemberani. Daun-daun di hutan berguguran. Dan kemudian musim berganti, hujan turun setiap hari.

Setiap hari, Kakek mendengarkan suara derit bambu yang dibawa angin, membuatnya semakin bersedih.

Suatu pagi, hujan berhenti. Cuaca cerah dan langit biru indah.

Sebilah pisau baru tergeletak di atas meja beranda. Kakek tidak tahu siapa yang meninggalkannya di sana. Namun tiba-tiba dia mendengar suara nyanyian burung dari hutan.

Dia pergi ke hutan dan menemukan sepotong bambu persis seperti yang dia inginkan. Seruling yang dibuatnya dari potongan bambu tersebut menangkap suara burung yang baru pertama kali didengarnya itu dengan sempurna, lalu Kakek menggantung seruling di pagar agar diambil oleh anak laki-laki atau perempuan yang melintas di depan rumahnya.

Namun semua anak laki-laki dan perempuan sudah tak tertarik lagi dengan seruling, karena mereka lebih menyukai permainan baru yang dimainkan lewat gawai layar sentuh.

Hari berikutnya Kakek mendengar kicauan burung yang lain lagi, menemukan bambu yang tepat, membuat seruling yang serasi darinya dan menggantungnya di pagar. Tapi tidak ada yang mengambilnya. Dia sedih, tetapi tetap saja membuat seruling. Membuat seruling merupakan keinginan dan tujuan hidupnya, maka dia terus saja melakukannya.

Burung-burung terus memanggil dan dia terus membuat seruling dan dia menggantungnya di pagar meski tidak ada yang mengambilnya.

Hari demi hari berlalu. Setiap hari dia mendengar kicauan burung-burung dan membuat serulingnya dan menggantungnya untuk anak laki-laki dan perempuan yang melintas di depan rumahnya. Malam hari dia bersedih. Namun dia tahu dia tidak akan pernah berhenti membuat seruling. Nyanyian merdu burung-burung diabadikannya dalam seruling-serulingnya. Dia berharap, suatu hari seseorang akan datang untuk memainkan lagu-lagu yang indah dari seruling-serulingnya yang tergantung di pagar.

Sudah ratusan seruling berayun-ayun di pagar rumahnya, tidak ada satu pun yang diambil. Tidak ada anak laki-laki atau perempuan yang mencoba membunyikannya dengan meniup udara melalui bibirnya atau menutup lubang kecil dengan jari-jarinya. Tidak seorang pun anak laki-laki atau perempuan yang mencoba.

Di penghujung musim hujan, malam lembap dingin. Kakek jatuh sakit dan berbaring di tempat tidurnya. Beritanya sampai ke kota. Walikota dan beberapa warga datang menjenguk.

Kakek menyampaikan kepada mereka bahwa meskipun waktunya tak lama lagi, kehidupan yang dijalaninya baik-baik saja. Dia tidak punya penyesalan selain berharap bahwa anak laki-laki dan perempuan akan datang untuk mengambil serulingnya dari pagar. Namun, jika mereka tidak melakukannya, dia senang sudah membuat seruling-seruling itu.

Dan kemudian, angin mulai berhembus dari hutan. Angin bertiup cepat menyusuri pagar rumah Kakek. Tiba-tiba terdengar bunyi-bunyian yang luar biasa merdu yang pernah mereka dengar, nada-nada ajaib yang tak terbayangkan sebelumnya, musik yang paling indah untuk dikenang sampai akhir masa.

Dan Kakek yang membuat seruling sepanjang hidupnya itu tersenyum bahagia. Dia menghembuskan napas terakhir dengan lega sebelum menutup mata untuk selama-lamanya.[]

Pelukis Bintang

Malam gelap seperti biasa, tapi malam ini bukan malam yang biasa untuk Hine.

Dia telah melukis bintang yang terakhir. Seperti biasa, bangga menyaksikan karya-karyanya bersinar berkilauan di permadani hitam yang menutup seluruh ruang. Malam itu sunyi senyap, seperti biasa, tetapi nalurinya merasakan sesuatu yang lain sedang terjadi.

Setelah yakin bahwa tugasnya telah selesai, Hine bersiap untuk pulang, tidur sampai malam besok dan kembali bekerja.

Dia membereskan bejana-bejana berisi cat bintang dan kuasnya, ketika sudut matanya menangkap cahaya berkelip-kelip aneh di kejauhan searah jalan pulang. Dia berhenti sejenak, pandangan mencoba menembus kegelapan untuk melihat apakah dia bisa menemukannya lagi cahaya aneh tersebut, tetapi tidak terjadi apa-apa.

Hine bergumam pada dirinya sendiri dan mengambil peralatannya, siap untuk menyusuri jalan pulang di tepi galaksi Bimasakti.

Ketika semakin dekat ke tempat dia melihat cahaya yang berkelap-kelip tadi, dia mendengar suara berderak yang aneh.

Ada sesuatu di sana!

Dia berhenti dan mendengarkan sejenak. Suara itu berhenti. Dia maju satu langkah ke depan dan mendengar suara gemerisik lain disusul cahaya kemilau. Sesuatu jatuh dari atas dan menimpanya!

Hine terhuyung-huyung tepai di tepi galaksi, kehilangan keseimbangannya kemudian terdengar teriakannya bergema panjang dan nyaring. Dia berteriak karena jatuh dari tepi galaksi, meluncur ke dasar mangkuk langit yang luas menuju pusatnya yang gelap gulita. Teriakannya menggapai permukaan galaksi, tetapi tidak ada seorang pun yang mendengar.

Dia terus jatuh menembus nebula awan gas keperakan, memantulkan bintang-bintang.

Aku akan berakhir di lubang hitam raksasa, pikirnya ketika dia melihat ke bawah.

Lubang besar yang menganga tampak hidup, berdenyut-denyut bagai bernapas mengisap apapun di sekitarnya, dan menjadi semakin besar untuk setiap tarikan napasnya.

Hine mencapai tepi lubang hitam dan tangannya melambai berusaha mati-matian untuk menggapai sesuatu. Jari-jarinya berhasil mencengkeram bintang kerdil di bagian paling bawah tepi galaksi, di garis batas pertemuan materi gelap dengan energi hitam.

Tergantung di tepi galaksi, kuas bintangnya terayun-ayun di sabuk pinggangnya. Hine menatap ke kegelapan hampa di bawah kakinya. Ketika melihat ke bawah, dia melihat gumpalan cat yang tergantung di kuasnya mengembang menjadi gumpalan besar di ujung sikat kuas sebelum akhirnya berkilau dan berkedip-kedip saat jatuh ke dalam lubang hitam.

Cengkeramannya semakin melemah karena tenaganya sudah hamir habis, Kukunya mencabik kulit bintang kerdil yang digenggamnya, menimbulkan bunyi berderak-derak.

Jari-jarinya satu-satu tergelincir saat cengkeramannya mengendur dan bintang itu kembali berderak. Sebagian dari bintang itu remuk dan jatuh ke lubang hitam di bawah.

Lubang hitam itu berdenyut mengambil napas dalam-dalam.

Akhirnya Hine kehilangan cengkeramannya, tak mampu mencegah dirinya agar tak jatuh ke dalam kegelapan. Dia mencoba berteriak tetapi sia-sia saja. Gelombang suaranya ditelan lubang hitam. Tidak ada lagi yang bisa diraihnya. Ia harus menyerah dan membiarkan dirinya jatuh.

Saat meluncur turun, dia melihat sesuatu di bawahnya, mendekat dengan kecepatan tinggi.

Apakah itu?
Itu terlihat seperti...
Mungkinkah?
Itu... dirinya!
Terlambat, pikirnya.

Tabrakan tak terhindarkan.

Dia hanya bisa diam berbaring tengkurap menyaksikan versi lain dari dirinya terhuyung-huyung di tepi galaksi ke dalam mangkuk besar cahaya yang berkilauan di bawahnya.

Beruntung dia mendarat di tepi galaksi, pikirnya.

Hine bergumam pada dirinya sendiri ketika mendengar suara berderak. Dia membereskan peralatannya dan bersiap-siap untuk pulang ketika lagi-lagi terdengar bunyi gemeretak yang aneh. Mendadak sesuatu yang berkilau muncul dari langit.

Hine mendongak.

Oh tidak! pikirnya.[]

Tarian Air dan Api (St. Elmo's Fire)

Telaga tempatku dilahirkan dan dibesarkan lebih pantas disebut rawa dan dihuni oleh ribuan serangga. Aku tidur beralaskan lumut bintang dan Ibu membisikkan lagu pengantar tidur yang mengalun bersama arus lembut. Ibu lahir di laut, dan dia membenci telaga kami. Terlalu banyak kenangan tentang Ayah yang mengendap di dasar telaga, lama setelah musim kemarau panjang mengambilnya.

"Kenapa kita tidak kembali ke laut?" aku bertanya pada Ibu.

"Aku terlalu tua," katanya. "Aku tak lagi mengalir dengan lancar, dan menunggang awan hanya untuk orang muda. Sekarang pergilah bermain."

Tidak ada mambang air selain aku dan Ibu, maka aku bermain dengan anak-anak mambang tanah. Dengan mantra sihir kami membuat pasukan dari tanah, air dan lumpur rawa. Setiap malam, para tentara menjadi basah dan hancur luluh, mengakhiri pertempuran sampai kami menciptakan mereka lagi keesokan sorenya.

Aku sedang membuat prajurit lumpur saat pertama kali bertemu Mikaila. Dia adalah mambang api, penuh rasa ingin tahu dan berani, tertarik pada permainan kami karena dia belum pernah melihat sihir lumpur. Muncul dengan berkedip-kedip cemerlang kuning dan merah kesumba.

Ketika aku mengundangnya untuk bergabung dengan kami, dia menari di sekitar kolam. Nyala api mengubah lumpur menjadi batu, dan para tentara bau bertarung selama berminggu-minggu tanpa meleleh sebelum saling beradu berkeping-keping.

Bosan bermain prajurit lumpur, kami membuat naga dan kereta kencana. Dia bertanya bagaimana aku bisa bernapas di bawah permukaan air, dan aku bertanya apakah dia tetap ada ketika matahari bersinar lebih terang dari dirinya.

Lalu suatu hari orang tuanya datang dan menyeretnya pergi sambil mengepulkan asap hitam. Mereka mengatakan kepadanya bahwa dia terlalu tua untuk bermain di luar kaumnya.

***

Telagaku yang dulunya nyaman kini terasa sumpek dan sempit. Aku merindukan permukaan air yang terhampar luas dan arus deras. Aku lelah bersembunyi dari orang tua Mikaila. Ibu menceritakan kisah masa kecilnya di laut. Dia mendorongku untuk pergi ke samudra luas, untuk menemukan mambang air lain dan memulai sebuah keluarga, tetapi aku tidak ingin pergi.

Mikaila mengunjungi telaga di malam hari. Kami berbincang tentang sihir dan tempat-tempat yang jauh dan apa yang akan dilakukan orang tuanya jika mereka tahu dia sedang bersamaku. Uap mengepul saat jari kami bersentuhan. Nyala Mikaila memantul indah di atas permukaan air, dan aku mengaku padanya bahwa aku mencintainya.

Ayah Mikaila datang dan mendengar pernyataanku. Dia terbakar amarah sehingga air telaga mendidih dan tinggal setengah. Mikaila meraih tangan ayahnya dan mereka berkedip-kedip hilang dari pandangan.

Aku menyelam untuk memeriksa ibuku dan merasa lega menemukannya di dasar telaga, ketakutan tapi tak terluka. Dia memintaku untuk menjauhi Mikaila, tetapi aku tak mampu menjawab. Jawaban yang ingin didengarnya adalah hanya akan menjadi kebohongan belaka.

***

Mikaila mengusulkan agar kami melarikan diri, menitipkan pesan melalui mambang udara. Mikaila berubah menjadi kepulan asap di permukaan telaga. Dia melintas dari pohon ke pohon dan aku melompat dari awan ke awan, melarikan diri melintasi hutan dan naik ke pegunungan.

Kami berhenti di sebuah danau es yang dikelilingi oleh pohon cemara. Aku mengirim badai kepada ibu, dan terkejut bahagia ketika dia mengirimi kami rinai gerimis pertanda merestui cinta kami. Mikaila mengirimi orangtuanya petir, tetapi mereka tidak pernah membalas pesannya.

***

Karena udara pegunungan yang tipis, api Mikaila lebih banyak bercahaya kuning redup daripada merah kesumba. Dia meyakinkanku bahwa kebersamaan kami layak ditukar dengan sedikit kekuatannya. Aku setuju saja.

Sihirku terhambat oleh es di sekitar tepi danau, tapi setidaknya kami bersama. Danau itu sangat terpencil. Tetangga kami satu-satunya adalah sepasang mambang udara lanjut usia yang hilir mudik di atas danau, berpelukan satu sama lain dengan eratnya sehingga tak sempat memperhatikan kami.

***

Ini adalah tarian yang aneh bin ajaib, ketika air menyukai api.

Kami harus berhati-hati, tetapi sejak kapan cinta takut menghadapi hal-hal sekecil itu? Bukan mereka yang saling mencinta tetapi mempertimbangkan apa yang dibutuhkan oleh pasangannya? Aku menahan diri untuk tidak membiarkan nyala api menguapkanku habis. Diriku selalu sabar dan hati-hati.

Mikaila berada di tepi danau, melelehkan es yang membuat jarak di antara kami. Dia menari mendekat dan kemudian melesat pergi, mengangkat kepulan uap yang menyembunyikan kami dari tetangga kami. Dia tak diam cukup lama untuk membuatku panas, dan aku tidak pernah cukup lama mendekat untuk memadamkan apinya.

Ada saatnya kami melakukan kontak fisik yang sangat panas diselingi oleh pendinginan. Uapku bercampur dengan asapnya dan kami menggantung bersama-sama, melayang di udara sampai aku mengembun menjadi tetesan hujan dan jatuh kembali ke air danau yang sejuk.

***

Anak-anak mambang api biasanya lahir dengan mudah dari nyala api ibu mereka, tetapi Mikaila berjuang menyabung nyawa saat melahirkan putra kami. Adanya unsur air mengubah sihir melahirkan mambang api, hal yang seharusnya kami pikirkan sebelumnya.

Kelahiran itu menghabiskan terlalu banyak energi dan oksigen di udara pegunungan tipis. Seharusnya Mikaila bersalin di dataran yang lebih rendah. Satu kesalahan yang luput dari kehati-hatian kami, dan hanya itu yang diperlukan.

Mikaila sekarat.

Dia membungkus putra kami dalam awan asap dan membawanya ke danau. Nyala api menari-nari di permukaan air, terlalu lemah sekarang untuk membakarku. Dia menggendong putra kami, dan aku memeluk mereka berdua.

Api Mikaila padam. Dia biasa berkedip dan hilang, jadi untuk sesaat aku menungguinya muncul kembali. Namun dia tidak pernah kembali. Mikaila pergi untuk selamanya.

Putra kami bersinar terang dan memancarkan hawa panas, mengamuk atas kehilangan ibunya. Aku sungguh khawatir dia akan berkedip dan hilang, tetapi dia kuat dan muda. Dia memiliki kekuatanku dan ibunya.

Aku membasuhnya dengan air mata, tetapi dia memiliki semangat ibunya dan dia menggeliat bebas dan berenang mengelilingi danau. Dia menelan seteguk air dan meniupnya sebagai semburan uap. Keajaiban yang aku dan Mikaila harus lakukan berdua, diciptakan oleh putra kami sendiri saja.

Dan suatu hari, dia mengalir ke laut. Saat matahari terbenam dia berubah menjadi nyala api ungu kebiru-biruan, menari-nari di pucuk tiang-tiang kapal, menandakan badai akan segera berlalu. Namun kenangan akan ibunya tetap hidup menari dalam cahaya api kuning merah kesumba, memantul cemerlang di permukaan danauku.[]

Putri dan Kodok Bangkong

Dahulu kala, *kala masih dahulu*, hiduplah seekor kodok bangkong di tepi danau yang terdapat di tengah hutan hujan semi lindung yang setengah perawan. Hari demi hari dia akan mengisi malam dengan suara tiga setengah oktafnya menyanyikan iklan tentang pelestarian alam.

Pada suatu malam di musim kemarau, seorang putri bangsawan mengenakan gaun polos tanpa simbol desainer baik berupa huruf terbalik ataupun hewan melata memutuskan untuk berjalan-jalan di hutan kediaman kodok bangkong tersebut. Ketika dia sampai di tepi kolam yang sejuk dan sedikit berbau metana akibat pembusukan daun yang gugur, dia duduk untuk beristirahat sejenak dan menghela napas panjang.

Dengan santai sang kodok meluncur dari tengah daun teratai di tengah kolam, datang menghampiri sang putri, yang helaan napasnya berubah menjadi erangan paling keras mengalahkan suara penghuni hutan lainnya.

Tidak tahan untuk berpura-pura tidak terganggu, kodok itu berseru:

"Mengapa kamu mengerang, putri?"

"Aku tidak mengerang. Aku hanya mendesah karena sedih, kecewa, sengsara dalam duka lara."

"Baiklah. Apa yang membuatmu begitu sedih, kecewa, sengsara dalam duka lara sampai napasmu mendesah, putri?"

"Hidup," jawabnya.

"Kehidupan?"

"Betul. Kehidupan."

"Bisakah kamu menjelaskan lebih detail?"

Sang putri berpikir sejenak.

"Seluruh kehidupan."

Bingung oleh penjelasan yang tidak juga menambah jelas, kodok bangkong:

"Angkat aku dari air dan cium aku, maka aku akan berubah menjadi pangeran tampan, lalu kita menikah, dan kita akan bersama-sama memerintah kerajaanku dan hidup bahagia selamanya "

"Tidak, kodok bangkong," jawab sang putri, mengerutkan hidungnya jijik. "Aku sudah memiliki kerajaan. Aku memiliki panglima perang yang berani untuk memimpin tentara ke medan pertempuran. Aku memerintah dengan adil. Rakyatku sangat setia dan rajin bekerja, menghasilkan barang dan jasa untuk konsumsi dalam negeri dan ekspor. Taat membayar pajak. Aku tidak membutuhkan pangeran, tampan maupun kurang tampan. Apa lagi yang kamu tawarkan?"

"Angkat aku dari air dan cium aku," kata kodok bangkong, "dan aku akan memberikan kekayaan berupa perak dan emas juga perhiasan berharga sehingga kamu tidak akan pernah menginginkan apa pun lagi selama hidupmu."

"Tidak, kodok bangkong," jawab sang putri, sambil mengerutkan dahinya. "Aku memiliki menteri ekonomi, pertanian, industri dan perdagangan terbaik di dunia. Dewan penasehatku terdiri dari pakar-pakar lulusan universitas terbaik yang siap membantuku menyusun anggaran yang seimbang dengan pertumbuhan ekonomi yang baik dan suku bunga yang masuk akal. Kekayaan besar yang kamu tawarkan akan menciptakan inflasi yang melambung dan melumpuhkan nilai tukar mata uang kami. Apa lagi yang bisa kamu tawarkan?"

"Angkat aku dan cium aku," kata kodok bangkong, "dan kamu akan mendapatkan kecantikan dan memiliki pesona yang luar biasa."

"Tidak, bangkong," jawab sang putri, sambil meremas sehelai daun yang dipegangnya. "Memang benar bahwa saya polos dan lugu dan tidak pintar dandan, tetapi cantik itu luka kata Eka Kurniawan, dan kecantikan cepat berlalu. Yang penting adalah tingkat intelektual, emosional, dan spiritual seseorang."

Kodok bangkong itu sekarang benar-benar frustrasi, akhirnya bertanya, "Lalu sebenarnya apa yang kamu inginkan, sih?"

Sang putri menjawab, "Aku ingin bahagia."

Lalu dengan lembut dia mengangkat kodok bangkong dari air kolam dan menciumnya.

"Aku telah menawarkan kamu cinta, kekuasaan, kekayaan dan kecantikan. Semuanya kamu tolak. Namun kamu ingin bahagia karena mencium seekor kodok?"

"Betul."

"Semoga beruntung," tawa kodok bangkong.

Lalu dia melompat dari tangan sang putri ke dalam kolam dan tidak pernah muncul lagi.[]

Lagi-Lagi Kisah Putri dan Kodok

Dahulu kala, hiduplah seorang putri, secantik sinar rembulan, namun berkeluh kesah mendesah berjalan berkelok-kelok di sepanjang jalur hutan di awal musim panas yang hangat pada tahun yang tidak disebutkan.

"Oh, diriku nan malang! Betapa kesepian dan nelangsa. Menyedihkan karena saya adalah seorang putri yang tidak ingin menikah dengan pangeran yang tidak saya cintai. Pernikahan yang dipaksakan oleh ayahanda raja, sebuah agenda geopolitik menyangkut zona ekonomi dan kerjasama militer. Saya berharap bahwa ada alternatif cepat untuk masalah yang rumit ini!"

Sebuah suara menjawab dari kolam kecil berbingkai rumput gajah setinggi dada wanita dewasa.

"Ini adalah hari keberuntungan Anda, oh Tuan Putri. Keinginan Anda akan segera terkabul."

"Siapa yang bicara?" dia bertanya. "Atau bertutur, bercakap, berkata, berujar, bersabda, atau apa sajalah? Kalau saja sinonim bicara tidak sebanyak itu, maka kisah dongeng ini tak perlu berkelindan dengan persamaan kata."

"Aku yang bicara," jawab sang suara, "Pangeran tersihir, calon suami Anda."

"Di mana kamu?" tanya sang Putri lagi. "Saya tidak melihat siapa pun di dataran ini, di tengah-tengah kolam kecil yang berbingkai rumput gajah ini."

"Tentu saja tidak," kata suara itu. "Karena aku di tengah kolam."

Dia melangkah lebih dekat ke tepi kolam.

"Saya masih tidak melihat seorang pangeran tersihir sama sekali," katanya, "namun saya masih penasaran dengan kemungkinan-kemungkinan akhir kisah ini nanti."

"Anda tidak bisa melihatku karena sihir, itu saja," kata sang suara penuh pesona, meski seakan ada sedikit kekesalan dalam intonasinya.

"Apakah kamu terkena sihir menghilang semacam jubah tembus pandang yang berkaitan dengan dimensi paralel, atau transformasi koordinat kuasiorthogonal yang diterapkan pada persamaan Maxwell untuk menyembunyikan gangguan pada bidang datar, bukan titik tunggal, seperti ketika sebuah objek dapat disembunyikan dengan perturbasi? "

"Tidak," jawab suara. "Mungkin yang Anda maksud adalah pembelokan dengan ilusi optometri. Tapi sihir terapan yang berlaku padaku tidak melibatkan metamaterial apa pun, atau aplikasi buatan yang mirip pesawat siluman yang mampu mengelabui radar, berdasarkan iterasi elemen identik."

"Tapi mengapa saya tidak dapat melihat dirimu?" tanya sang putri yang secantik sinar rembulan, "padahal saya adalah murid terpandai bidang Sihirmatika di kerajaan!"

"Sebenarnya," sang suara menjelaskan, "Anda sedang melihatku. Lihat, ini aku melambaikan tangan."

"Yang saya lihat adalah seekor kodok melambaikan kaki depannya yang berselaput," ujar sang putri. "Berapa persen probabilitasnya secara stastitik?"

"Probabilitas adalah nol bahwa semua ini hanya kebetulan belaka," jawab sang kodok.

"Dan probabilitas menjadi seratus persen bahwa aku muncul untuk Anda sebagai kodok, tidak dalam pengaruh gaya magnet, listrik, gravitasi, atau cahaya yang dipancarkan dan dikendalikan menurut teori relativitas Einstein, dalam mode yang diinginkan, gelombang merambat melalui metamaterial. "

"Tapi kamu terlihat persis kodok," jawabnya. "Jadi, apa yang harus saya lakukan selanjutnya?"

"Anda hanya harus menciumku, yang akan mematahkan sihir sehingga proses retrotransfigurasi yang menjadikan diriku kembali menjadi seorang pangeran."

"Dari diskusi kita, saya menyimpulkan kamu lebih cerdas daripada si brengsek yang oleh ayah saya, Sang Raja, dan ibu saya, Sang Ratu ingin dijadikan suamiku. Apakah kamu ganteng?"

"Lebih baik daripada rata-rata pangeran," jawab sang kodok.

"Aku tidak menyatakan diriku sebagai yang paling ganteng, namun termasuk kelompok papan atas."

"Cukup baik untuk saya," putus sang putri. Dan dia mencium sang kodok.

Petir berwarna pelangi menyambar dari awan cumulus, Dentang lonceng tubular dipukul dengan palu Thor dan alunan orgel dimainkan dewi Athena bergema di udara. Kodok mendadak bertambah besar dan berubah menjadi seorang pangeran, jatuh terjerembab di kolam kecil yang dibingkai dengan rumput gajah, menghancurkan kelopak teratai tempatnya berdiri tadi.

"Kamu memang terlihat seperti seorang pangeran," kata sang Putri. "Meskipun telanjang dan basah kuyup."

"Seharusnya aku mengenakan jubah yang terbuat dari bulu rubah salju Siberia dengan bordiran benang emas ornamen logo kerajaanku," jawab sang pangeran. "Materi dapat dikonversi menjadi energi, dan begitu juga sebaliknya. Namun penyihir jahat yang menyihirku terlebih dahulu melucuti pakaianku sebagai bukti bahwa aku sudah mati terbunuh."

"Sayangnya saat pelajaran tentang konversi materi-energi, saya sedang ijin sakit sehingga tidak begitu memahami kata-katamu," jawab sang Putri. "Hanya, menurut saya nyaris mustahil hal ini terjadi mengingat volume dan berat tubuhmu saat ini jauh melebihi kodok tadi."

"Dan bagaimana dengan ketampananku?" tanya sang pangeran, "mengingat itu merupakan salah satu kriteria Anda. Aku belum menghitung berapa mas kawin yang bisa kuberikan untuk Anda. "

Dia kemudian berlutut hingga tenggelam di antara rimbunan rumput gajah.

"Apa yang kamu lakukan?" tanya sang Putri.

"Standar operasional prosedur," jawab sang pangeran.

"Bersediakah Anda memberi saya kehormatan dengan menerima tanganku dan menikah denganku, sementara menunggu mandat kepangeratanku dikembalikan dan disahkan oleh pejabat pengadilan kerajaan ayahmu, dan dengan demikian membuat saya menjadi pangeran yang paling bahagia di muka bumi?"

"Saya tadinya tak begitu yakin," jawab sang putri.

"Namun setelah kamu berdiri di tengah kolam tanpa pakaian dan menghadap ke arah saya, keputusan saya menjadi jelas. Bukan hanya wajahmu ataupun kepangeranmu yang menjadi kriteria saya dalam memilih," katanya tersipu, pipinya merah bersemu.

Singkat cerita, sang putri mengajak sang pangeran pulang untuk bertemu orangtuanya, dan pasangan itu menikah dalam upacara adat istiadat yang berwarna-warni. Dan mereka hidup bahagia selamanya, setidaknya jika digunakan pendekatan-pertama dalam persamaan linear, bukan polinomial.[]

Pondok di Tengah Hutan

Untuk kalian yang mengira bahwa polisi bekerja asal-asalan, sebaiknya kalian mengikuti salah satu kasus paling pelik dalam sejarah hukum dan pengadilan.

Di kantor polisi, hal pertama yang kami lakukan adalah memanggil para ahli. Begitulah menurut buku petunjuk.

Si psikolog berkata, "Uji kasus. Sungguh luar biasa. Belum pernah terjadi sebelumnya."

"*Mengerikan*," adalah kata dokter gigi. "Kelalaian yang paling mengerikan."

Dokter umum sependapat dengan dokter gigi.

Bos saya, Dr. Grimm, menjadikan kasus ini sebagai tanggung jawabku.

"Bharada Nina punya tisu basah, dan dia tidak punya rasa jijik." Dia mengedipkan sebelah mata padaku, rona wajahnya mendekati warna hijau muntah.

Dr. Grimm jenis manusia penunggu meja, bukan orang yang sudi turun langsung ke lapangan. Dia benci tangannya kotor.

"Itu tugas kamu, Bharada Nina."

Yang dia maksudkan, "*Pekerjaan yang kotor-kotor adalah tugas polwan,*" tapi dia takut dituntut melakukan pelecehan.

Kasus ini? Mungkin mimpi terburuknya.

"Ayo, anak-anak," aku membujuk. "Berhentilah menggigit tembok. Kalian bisa makan singkong goreng sambil menonton Ipin dan Upin."

Kedua bocah itu, laki-laki dan perempuan, menjerit-jerit sendiri. Berlari-lari dari dinding ke dinding, masuk ke bawah atau naik ke atas meja, berguling-guling, menggaruk punggung dan menarik rambut, menggigit borgol pada pergelangan tangan mereka yang kusam.

"Disfungsi sosial," kata psikolog. "Kurangnya didikan orang tua, isolasi dari norma pembentuk perilaku —"

"Busuk sampai ke gusi," dokter gigi menggelengkan kepalanya. "kerusakan gigi terburuk yang pernah saya lihat."

"Mereka menggigit Dr. Grimm di pantat," kataku sambil memperhatikan tingkah anak-anak itu melalui jendela kaca di pintu. "Bajingan kecil."

"Inilah yang terjadi saat masyarakat rusak." Psikolog itu membuat catatan dengan lincah, menggoreskan pena *stylus* di tabletnya.

"Mereka menunjukkan pola perilaku yang liar."

"Mereka kencing di lantai."

Aku berteriak: "Tolong ambilkan ember dan kain pel!"

"Anda bilang mereka menggigit bos Anda?" Dokter gigi itu tampak ragu.

"Tembus ke tulang."

"Ini karena gula," kata dokter. "Aku belum pernah melihat hal seperti ini. Bukan tentang berapa kadar gula dalam darah, tapi lebih kepada berapa banyak darah dalam gula. Aku tak heran jika ngompol ini disebabkan oleh diabetes."

"Mereka memakan sebuah rumah," kataku merujuk catatanku. "Lantai, atap, dinding, dan masih banyak lagi."

"Bukan rumah, tapi pondok," psikolog itu mengoreksi. "Saya rasa penting menyatakan perbedaan itu. Rumah menyiratkan bangunan permanen, struktur. Kalau yang ini lebih pantas disebut gubuk di hutan."

"Mereka makan genteng?" dokter gigi bertanya takjub.

"Atapnya terbuat dari kue jahe dan krim beku."

Aku menggambar garis bergelombang dengan penaku. "Permen akar manis sebagai batu bata, gula tarik cair sebagai semen. Tidak heran mereka sedikit mabuk."

Di dalam ruangan, anak-anak itu sedang merayap dalam kubangan kotoran yang mereka buat, terbatuk-batuk, menghantam dinding dengan tinju mereka.

"Ada sesuatu yang lain dalam darah." Dokter itu terdengar tidak nyaman. "Protein. Agak banyak itu. Dan kadar kalsiumnya di atas ambang batas."

Dari tulang belulang, pikirku.

Aku tidak akan mengatakannya di depan para ahli, terutama kepada psikolog yang sombong itu. Kami menemukan kerangka yang tinggal setengah di dalam belanga besar di dapur pondok.

Perempuan. Tua. Anak-anak itu telah memasak dan memakannya. Begitulah yang diketahui oleh forensik.

Wanita apa yang mengunci anak-anak kecil di rumahnya? Pasti seorang penyihir.

Aku merasa kasihan terhadap bocah-bocah itu. Dan lagi, mereka telah menggigit pantat bosku. Aku tersenyum pada mereka melalui jendela kaca.

"Begitu kadar gula mereka kembali normal, kita bisa bertanya pada mereka. Sejauh ini informasi yang baru mereka berikan adalah nama mereka."

"Oh ya? Siapa?" tanya dokter gigi.

"Hansel dan Gretel."[]

Si Tudung Merah dan Serigala

"Nenek?" Rosa mengetuk pintu kayu yang lapuk.

Tidak ada jawaban dari dalam. Tapi Nenek sudah tua. Dia sering tertidur ketika Rosa datang membawa makanan.

Daun pintu kayu berderit terbuka saat disentuhnya. Kening Rosa berkerut. Nenek tinggal sendirian di tengah hutan yang paling rimbun. Nenek selalu mengunci pintu dari dalam.

Dengan gelisah Rosa masuk, memegang keranjang di depannya sebagai perisai. Sesosok tubuh tergeletak di lantai. Pakaian compang-camping dan dagingnya tercabik-cabik. Bau darah dan jeroan menyesakkan pernapasan. Noda merah meresap ke lantai papan.

"Nenek!" Rosa menangis, melawan rasa mual yang mendesak di tenggorokan. Dia beringsut mengitari mayat dan bergegas ke satu-satunya pintu lain di rumah. Pintu kamar Nenek.

Sekali dorong pintu itu terbuka menampakkan tempat tidur empat tiang yang besar. Di bawah selimut duduk makhluk besar dengan moncong panjang dan mata berkilau. Telinganya tersembunyi di balik topi tidur Nenek yang lembut. Mulutnya terbuka, dan Rossa melihat gigi menguning dengan daging merah muda menempel di sela-sela. Bulu di sekitar mulut kaku dan kusut.

Seekor serigala.

"Rosa," serigala berkata. Suara tenang menyejukkan.

"Apa yang terjadi? Orang itu..."

Bulu gelap memudar perlahan. Lidah merah panjang menjulur melintas gigi. "Itu dia, ya? Orang yang mengikutimu ke hutan kemarin?"

Gemetar, Rosa mengangguk.

Wajah serigala menciut. Rambut putih semakin panjang mengganti bulu sekasar sabut kelapa. Serigala mengangkat satu kakinya. Cakar menyusut, meleleh menjadi jari-jari lembut dengan urat menonjol. Rossa melintasi ruangan dan meraih tangannya.

Seperti biasa, perubahan wajah adalah metamorfosa yang terakhir. Saat moncongnya memendek dan matanya semakin bulat, Rosa mengelus lengan kurus keriput itu dengan tangannya yang lain. Senyuman kecil tersungging di bibirnya. "Nenek, gigi Nenek besar sekali."

"Biar Nenek bisa melindungimu dari lelaki jahat, sayangku."

Mata Nenek berkedip, dan ekspresinya hampir sepenuhnya manusia lagi.

"Sekarang, bantu nenek menyingkirkannya. Untung kamu hari ini memakai tudung merah."[]

Princess Syantique Ingin Kawin Lari

Pada hari Jumat pagi, dia bertanya kepada Upik Grey, asistennya merangkap manajer merangkap *make up artist* merangkap *chef* merangkap *maitre d'* dan kebetulan kakak kandungnya yang digaji dua kali upah minimum provinsi termiskin potong iuran BPJS dan cicilan kredit sandal Korea made in Tanggulangin, "Apakah dia sudah datang?"

Upik memandang ke bawah dari pagar balkon untuk kesembilan kalinya pagi itu.

"Belum, Princess Yang Mulia."

Princess Syantique menghempas manja tubuhnya yang ramping berkat mengikuti kursus *fitness* daring gratis ke tumpukan bantal bulu angsa Bangkok dan membaca kembali pesan di *iPhone*-nya, sambil membelai Anang, kucing mesir gundul peliharaannya.

Tiba-tiba Upik berteriak, "Dia datang! dia datang!"

"Minggir!"

Sambil mendorong Upik ke samping, Princess Syantique berjinjit melongok ke bawah, tangannya mencengkeram erat kisi langkan. "Aku tidak bisa melihatnya," dia merintih. "Yang bisa kulihat hanyalah seekor unta yang berhiaskan bunga-bunga tulip dua belas warna dengan pelana emas 18 karat."

"Itu dia," Upik Grey mengangguk berkali-kali. Sekejap sempat timbul hasrat untuk mendorong adiknya menyeberang pagar balkon, *tapi bagaimana jika ternyata dia bisa terbang?*

"Oh, berhentilah mengangguk, kau terlihat seperti boneka anjing *melet* di dasbor BMW."

"Bukankah dia *hensem*, Princess Yang Mulia? Sama seperti foto profilnya di pangerangurun.com. Romantis *sekaleee!*"

"Di fotonya dia berkumis dengan mata membara penuh gairah. Lihat." Princess Syantique menyodorkan *iPhone pink blink-blink* versi yang belum dirilis.

"Unta bukan kendaraan yang bisa diajak jalan-jalan ke mana saja. Apakah dia benar-benar berpikir aku akan maju mundur cantik naik hewan buas itu dengan gaun ini?" tanyanya sambil mengibas buntut merak putih yang menghias pinggulnya.

"Minggu lalu Yang mulia menolak Pebrianov yang datang naik *yatch*," kata Upik.

"Kau pikir kawin lari dengan perahu dayung kecil dengan semua barang bawaanku lebih baik dari unta? Sama seperti Duke Boris dengan Harley rakitannya bulan lalu. Kadang-kadang aku bertanya-tanya apakah ada otak di antara kedua telingamu itu. Kau tahu Anang mabuk laut kalau naik kapal."

Princess Syantique mengetik pesan dengan kecepatan anak *alay* main PUBG.

"Aku bilang sama dia kalau aku sakit kepala, *ciaobella*. Dia harus mengganti dengan transportasi yang cucok meong. Aku menyarankan helikopter Puma. *Unpacking*, Pik!"

"Dasar *julid, teu aya romantis-romantisna acan*," gumam Upik Grey sambil membongkar isi dua lusin koper Princess Syantique untuk kesekian kalinya. Sempat terpikir untuk menjambak jambul katulistiwa adiknya yang cetar membahana itu, tapi nanti dia juga yang harus menyasaknya lagi.[]

Tiga Permohonan

"Tiga permintaan?"

"Ya, Tuan, Anda boleh mengajukan tiga permintaan. Anda pemilik lampu, kan?"

"Ya, betul."

"Dan Anda tadi menggosok-gosok lampu, kan?"

"Ya, aku sedang bersih-bersih — lampu peninggalan kakek buyutku. Dia orang terkenal, tetapi sifatnya mengerikan —"

"Maka aku adalah jin Anda, dan Anda adalah Tuanku, dan anda boleh mengajukan tiga permintaan."

"Dan kau berasumsi bahwa aku tidak bisa mengharapkan lebih dari tiga permintaan?"

"Betul, Tuan."

"Apakah Disney mendapatkan tiga permintaan darimu, atau kamu sebenarnya ciptaan Disney?"

"Walter Disney mendapatkannya dari saya saat dia memiliki lampu ini, Tuan."

"Siapa lagi yang pernah memiliki lampu ini, Jin?"

"Cukup banyak, Tuan. Antara lain Napoleon, Elvis Presley, Marilyn Monroe, Ferdinand Marcos …."

"Menarik. Hmmm … Baiklah. Jin, aku tahu apa keinginan pertamaku."

"Ya, Tuan, saya mendengarkan."

"Semua nama itu, termasuk kakek buyutku, semuanya bernasib buruk. Aku merasa bahwa kamu pintar memutarbalikkan keinginan. Jadi, aku harus berhati-hati tentang bagaimana caraku mengungkapkan keinginanku padamu. Apakah ini benar, Jin?"

"Saya mengabulkan keinginan apa adanya bukan sebagaimana mestinya, Tuan."

"Baiklah, Jin, permintaan pertamaku adalah ini: Aku berharap kau mengabulkan dua keinginan terakhirku berdasarkan niatku saat mengucapkan keinginan ini dan bukan pada interpretasi dari keinginan itu, dan setiap ambiguitas harus diselesaikan demi kepentingan terbaikku."

"Ya, Tuan, dikabulkan."

"Selanjutnya, aku berharap memiliki semua alat untuk membuat, mengubah, dan memengaruhi dunia se-perti yang aku inginkan."

"Ya, Tuan, sudah terkabul."

"Akhirnya, aku berharap memiliki kemampuan untuk membuat, mengubah, dan memengaruhi dunia seperti yang aku inginkan."

"Tuan sebenarnya ingin menjadi tiran atau Tuhan?"[]

Dongeng Hitam Putih

Aku ingin bercerita padamu, sebuah dongeng pengantar tidur tentang seorang gadis kecil bernama Nina.

Nina berusia tujuh tahun. Rambutnya cokelat tua gelap dan mata hijau lebar. Semua orang menduga dia akan tumbuh menjadi gadis yang sangat cantik dan cerdas.

Nina suka membaca. Semua jenis buku dilahapnya: fiksi dan sejarah, biografi dan legenda, fantasi dan misteri.

Orang tuanya sangat bangga padanya karena dia pintar, cantik, dan pemberani. Nina sungguh istimewa di mata dan hati mereka.

Tetapi mereka juga takut.

Nina kecil sakit-sakitan. Dia jarang meninggalkan ranjangnya. Dokter-dokter menyarankan agar dia tinggal di rumah. *Tidak baik terlalu banyak bergerak*, kata mereka.

Karena itu, Nina kecil tidak punya banyak teman. Namun dia memiliki banyak buku dan cinta kasih ayah bundanya. Karena itu Nina berani menjalani hidup, meski dia tak tahu ada hal yang lebih baik dari sekadar hidup.

Pada suatu sore yang cerah di bulan Juni, hanya beberapa hari menjelang ulang tahunnya yang kedelapan, ayah bunda Nina masuk ke kamarnya yang penuh dengan buku di sisi ranjangnya. Semuanya berkilau ditimpa sinar matahari yang menembus kaca jendela.

Ayah bundanya mengatakan bahwa mereka harus meninggalkannya sendirian untuk bertemu dengan dokter. Tidak lama, hanya satu jam saja. Mereka akan kembali sesegera mungkin, dan jika ada masalah, Nina dapat menelepon mereka dengan ponsel yang terletak di atas meja di sisi ranjang.

Meski Nina tak pernah takut, dia tahu bukan ide bagus untuk terlalu banyak bergerak. Termasuk bangkit untuk mengambil ponsel. Dia terlalu berani untuk tidak menjadi bodoh.

Ayahnya mencium di kening, bundanya di pipi.

Nina tersenyum dan meminta agar ayah membuka jendela. Hari yang cerah dengan langit biru jernih. *Udara segar baik buat kesehatan.*

Ayahnya balas tersenyum dan memenuhi permintaannya.

"Ada yang lain?" Ayah dan bundanya bertanya sebelum mereka pergi.

"Tidak, aku akan baik-baik saja," katanya kepada mereka. "Aku akan membaca buku sebentar sebelum tidur."

***

Dan kemudian Nina sendirian. Sendiri di rumah yang besar, tanpa suara sama sekali selain bunyi 'bip' mesin yang mengawasi jantungnya agar tetap berdetak. Dia mencoba membaca bukunya, tetapi sinar matahari yang menerpa wajahnya membuatnya mengantuk.

Nina menutup matanya, dan dia tertidur untuk berapa waktu yang dia sendiri tak tahu. Tak cukup lama untuk bermimpi, tetapi cukup untuk hilang kesadaran diri. Mungkin hanya sekejap, mungkin dua kejap. Tak lebih.

Tapi dia tersadar bukan karena memang sudah waktunya bangun. Suara burung gagak hitam yang menggugahnya dari tidur. *Bukan hanya burung gagak.* Nina juga merasa *hangat,* kehangatan yang terlalu hangat untuk bulan Juni.

Ketika dia terbangun sepenuhnya, dia melihat bahwa seekor gagak hitam legam bertengger di kusen jendela. Dia juga melihat sesuatu yang lain, sesuatu yang membuatnya menjerit ketakutan.

Kursi tempat bundanya duduk sebelum dia tidur, kursi yang seharusnya kosong, telah diisi oleh sosok asing. Di matanya, sosok itu tampak seperti manusia, tetapi juga bukan manusia.

Meski memiliki wajah lengkap dengan mata, mulut, hidung dan sebagainya, punya lengan dan kaki seperti halnya manusia, bahkan mengenakan jubah hitam dengan kemeja putih perak. Tetapi orang asing ini, tampak ganjil di mata Nina. Meski wajahnya memiliki semua bagian, tetapi bentuknya sangat aneh, begitu aneh sehingga hampir tak bisa dimengerti. Di beberapa tempat merah mengilap, hitam dan berlubang di tempat lain.

Tak punya bibir dan hidungnya hanyalah dua lubang kecil yang berasap saat menghembuskan napas. Matanya cekung kuning menyala tak pernah berkedip. Tubuhnya legam penuh nyala api kecil menari-nari membuat wajahnya membacarkan cahaya berpendar. Jubahnya berlumuran cat merah. Dia tampak seperti korban kebakaran yang belum padam.

Bunyi 'bip' dari mesin yang menjaga jantung Nina semakin kencang dan keras. Dia menjadi lupa bagaimana harus berani.

"Jangan sampai sakitmu bertambah, Nina," kata lelaki berkulit gelap itu. Kata-katanya terdengar bagai goresan paku di cermin, bisikan serak yang lebih menyerupai erangan. "Aku di sini bukan untuk menyakitimu."

"Kamu siapa?" tanya Nina. Rasa takutnya berkurang.

"Namaku Samail. Aku orang jahat yang melakukan kebaikan," jawabnya. Asap mengepul lembut menari-nari dari api di tubuhnya. Meski tampak kesakitan, tetapi orang asing itu mengabaikannya.

"Sa-ma-il," kata Nina perlahan, mengucapkan setiap suku kata dengan jelas. "Nama yang aneh."

"Itu nama yang sangat tua, dari zaman purba."

Matanya menatap wajah Nina, seakan mencari tanda bahwa Nina pernah mendengar tentangnya. Namun dia tak menemukan apapun karena Nina memang belum pernah mendengar atau membaca tentangnya.

Matanya akhirnya tertuju pada buku di pangkuan Nina, *Kumpulan Dongeng H.C. Andersen*.

"Aku melihatmu suka dongeng."

Nina mengangguk. Semua orang tahu bahwa dia suka cerita, *bahkan orang asing yang belum dikenalnya*.

"Aku kebetulan punya beberapa cerita dongeng. Apakah kamu ingin aku bercerita untukmu? Kita masih punya banyak waktu."

Nina tidak tahu harus berkata apa. Meskipun lelaki yang terbakar itu cukup ramah, dia menakutkan. Dan Nina sendirian. *Dia selalu sendirian.* Dia tidak pernah bertemu orang asing sendirian, jadi dia memutuskan untuk membiarkan Samail tinggal. Selain itu, dia suka cerita. Bahkan andai yang diceritakan merupakan kisah terburuk sekali pun.

"Baiklah," katanya, "Anda boleh menceritakan sebuah kisah. Tapi Anda harus pergi sebelum ayah dan bunda pulang. Saya rasa mereka tidak akan menyukai Anda."

Nina menyebut Samail dengan 'Anda', bukan lagi 'kamu'. Nina punya kebiasaan menyebutkan nama lawan bicaranya, tapi dia merasa Samail nama yang aneh.

Samail menarik napas panjang yang terdengar bagai peluit kereta api. Asap ikut tersedot melalui lubang hidungnya. Dia mengangguk setuju.

"Dahulu kala, ada keluarga kelinci yang terdiri dari induk kelinci dan tiga anaknya yang masih kecil. Mereka tinggal di dalam lubang di tengah hutan. Mereka adalah keluarga kelinci yang bahagia.

Anak-anak kelinci melompat dan bermain sepanjang hari di bawah naungan rindangnya pepohonan atau di tingginya ilalang padang rumput sementara induk mereka mencari makanan di hutan. Pada malam hari, mereka akan kembali ke dalam lubang dan meringkuk bersama dalam kehangatan.

Mereka tidak pernah khawatir tentang apapun, karena selalu ada banyak makanan dan hal-hal menyenangkan untuk dilakukan, dan mereka selalu memiliki satu sama lain ketika mereka sedih atau takut.

Suatu hari, saat bermain di padang rumput, seekor serigala yang bersembunyi di semak-semak mendekati ketiga terwelu kecil yang tidak menyadari bahaya yang datang. Induk mereka keluar dari hutan tepat pada waktunya, tetapi terlalu jauh untuk memanggil anak-anak-nya. Dia tahu bahwa dia tidak bisa menolong anak-anaknya dengan aman ke dalam lubang, dan bahkan jika pun bisa, sang serigala bisa mencegat arah larinya."

"Apa yang dia lakukan?" tanya Nina.

Samail mengangkat tangannya yang hangus kehitaman, memberi isyarat agar Nina sabar menunggu dan mendengarkan ceritanya sampai selesai.

"Induk kelinci harus segera mengambil keputusan yang sulit. Jika dia ingin anak-anaknya menjauh dari serigala, maka dia harus segera bertindak. Tetapi semua tindakan ada konsekuensinya. Dia tahu ini, tetapi dia juga mencintai anak-anaknya lebih dari ketakutannya pada serigala. Maka dia berlari keluar dari hutan secepat mungkin. Dia berlari ke arah serigala yang bersembunyi di rumput, dan ketika cukup dekat, dia berteriak kepada anak-anaknya "Lari, kembali ke lubang!"

Tiga kelinci kecil mendengar induk mereka dan mereka pun melihat kehadiran sang serigala. Namun, sang serigala tidak *lagi tertarik dengan anak-anak kelinci. Dia lebih tertarik mengejar induk kelinci.*

Induk kelinci berlari menjauhi hutan dan lubang, menjauhi anak-anaknya. Serigala terus mengejarnya. Kelinci-kelinci kecil itu berlari masuk ke dalam lubang dan selamat, tapi induk mereka tidak seberuntung itu. Sang serigala menangkapnya, merobek-robeknya menjadi beberapa bagian dan melahapnya hingga yang tersisa hanyalah tulang-belulang. Namun, anak-anak-nya selamat, dan itu yang terpenting baginya."

Nina terdiam. Samail juga diam.

Akhirnya Nina berkata, "Itu adalah kisah yang menyedihkan."

Samail mengangguk. Dia juga tahu itu adalah kisah yang menyedihkan, tetapi kebenaran tidak membedakan kesedihan dengan kebahagiaan.

"Aku tidak suka induk kelinci harus mati," kata Nina lirih.

Samail mengertakkan giginya yang putih berkilau. "Dia bisa saja hidup, jika dia mau. Tapi apa yang akan terjadi pada anak-anaknya? Dia mati untuk menyelamatkan mereka, demi kebaikan dan masa depan anak-anaknya."

"Kurasa begitu, tetapi tetap saja menyedihkan bahwa mereka harus tumbuh tanpa induk mereka."

Nina menatap jendela. Kini ada dua ekor gagak hitam yang bertengger di sana. Salah satu dari mereka merentangkan sayapnya dan hinggap di sebelah yang lain.

Aneh, pikirnya, tapi tak diucapkannya.

"Apakah kamu ingin mendengar cerita yang lain?" tanya Samail. "Kita masih punya banyak waktu."

Nina tidak bisa menebak apakah Samail bahagia, sedih atau marah. Suaranya selalu datar saja satu nada. Mimik wajahnya juga tidak berubah.

Sebelum dia bisa menjawab, Nina batuk-batuk hebat. Batuknya panjang dan serak. Ketika batuk, dia menutup mulutnya dengan kertas tisu yang diambilnya dari kotak tisu di samping bantal. Setelah batuknya mereda, sekumpulan bercak darah menodai kertas tisu yang lembut.

"Aku sakit," katanya, menatap Samail. Samail mendekat dan duduk di dekatnya, begitu dekat sehingga Nina bisa menghitung giginya yang putih berkilau. Samail berbisik ke telinganya.

"Aku tahu."

"Apakah Anda punya cerita tentang orang sakit?" Nina bertanya. Pria yang terbakar itu kembali menganggukkan kepalanya.

"Tapi tidak berakhir bahagia juga."

"Tidak apa-apa," jawab Nina. "Aku akan tetap mendengarkan."

Samail meletakkan jari-jarinya yang kurus panjang di pangkuannya dan menarik napas berasap dalam-dalam.

"Dahulu kala, ada sebuah kota kecil di tepi pantai. Penghuninya terdiri dari berbagai kalangan dan profesi: nelayan, penjahit, tukang kue, tukang kayu dan banyak lagi. Mereka senang bekerja dan hidup bahagia. Mereka bekerja, bermain, berolahraga, menikah, berpesta dan hidup bahagia.

Namun suatu hari, orang-orang mulai jatuh sakit. Awalnya hanya beberapa orang, tetapi setiap hari bertambah dan terus bertambah, menjadi lebih banyak setiap hari. Orang-orang yang terjangkit awalnya merasa demam, kemudian batuk-batuk hebat. Tumbuh bisul di wajah dan leher mereka, kulit mereka menjadi pucat.

Penderita merasakan gatal-gatal dan sesak napas yang sangat menyakitkan, dan pada akhirnya merenggut nyawa mereka. Para dokter tidak dapat melakukan apapun untuk menghentikannya, karena memang tidak ada obatnya. Satu-satunya pilihan untuk menghentikan penyebaran wabah adalah dengan memasang barikade di jalan-jalan keluar-masuk kota. Tidak ada yang diizinkan untuk pergi, bahkan jika mereka benar-benar membutuhkannya. Pendatang tidak diizinkan untuk keluar.

Salah satu orang yang tinggal di kota adalah seorang guru, yang memiliki seorang istri yang berada di luar kota sebelum wabah terjadi. Istri pergi mengunjungi kerabatnya di kota lain. Ketika kembali, perempuan itu dihentikan oleh penjaga batas kota, yang mengatakan bahwa dia tidak boleh masuk tanpa izin.

Istri sang guru memohon dan memohon kepada penjaga, mengatakan bahwa suaminya, pria yang dicintainya, berada di kota. Penjaga itu akhirnya memberi tahu dia bahwa jika suaminya mengizinkannya, maka dia bisa masuk. Dia juga memperingatkannya bahwa dia tidak akan diizinkan pergi lagi.

Berita dikirim ke sang guru bahwa istri tercinta sedang menunggu izinnya di gerbang kota. Pada awalnya, dia sangat gembira karena dapat bertemu istrinya lagi. Dia sangat kesepian sejak ditinggal sang istri. Namun, ketika dia berpikir lebih dalam, hatinya bimbang. Dia menyadari bahwa jika dia mengizinkan istrinya masuk ke kota, bahwa dia akan menghukumnya dengan nasib yang sama dengan seluruh penduduk kota.

Memikirkan penderitaan yang akan dialami sang istri jika sampai tertular penyakit: demam, batuk-batuk hebat, tumbuh bisul di wajah dan leher, kulit pucat kusam, gatal-gatal dan sesak napas yang sangat menyakitkan, dan pada akhirnya meninggal. Setelah meninggal bahkan harus dikubur dalam peti mati berlapis timah atau dikremasi menjadi abu.

Dia tidak bisa membiarkannya.

Meski sang guru sangat menginginkan kebersamaan bersama istrinya, tetapi dia terlalu mencintainya untuk membiarkannya menerima ajal bersama-sama. Saat menerima utusan penjaga batas, badannya demam yang menjadi gejala awal penyakit. Maka dengan berat dan hati merana dia menolak utusan itu. Hatinya *patah, matanya basah oleh rasa bersalah dan kesedihan yang mendalam. Ketika tersiar kabar tentang istrinya yang telah menunggu di gerbang sepanjang hari, hatinya bertambah hancur.*

Bertahun-tahun kemudian, setelah istrinya menikah lagi dan membesarkan beberapa anak yang cantik, dia bisa memaafkannya dan dirinya sendiri. Sang guru mengerti bahwa satu-satunya harapan hidup bagi cinta pertamanya adalah terus maju dan menggapai bahagia."

Matahari tak lagi bersinar sembunyi di balik awan. Hujan membuat langit berwarna abu-abu, nyaris putih dibandingkan dengan burung gagak di kusen jendela. Lebih banyak lagi burung gagak muncul ketika Samail menceritakan kisahnya. Begitu banyak sehingga tidak cukup ruang untuk mereka semua. Mereka mulai bertengger di pohon dan pagar.

Nina batuk lagi. Tisunya berubah merah.

"Aku lebih suka cerita barusan daripada yang pertama. Setidaknya tidak berakhir buruk," katanya terengah-engah. "Tapi mengapa Anda menceritakan kisah-kisah sedih padaku?"

Samail menatap Nina tanpa berkedip atau tersenyum. *Tak pernah sekalipun berkedip atau tersenyum.*

Dengan suara serak dan kering dia menjawab, "Aku pikir kamu tahu mengapa."

Nina menatap tisunya yang penuh noda darah. Dia tahu mengapa. Tapi dia tidak takut. Tidak.

Nina tahu bagaimana harus menjadi berani, dan tidak hanya untuk dirinya sendiri.

Dia menoleh ke Samail, wajah yang hangus dan penuh goresan yang tidak bisa dikenali sebagai manusia.

"Kapan?" Nina bertanya.

Samail menoleh ke jendela, ke arah gerombolan gagak hitam yang berkaok-kaok dengan ramainya.

"Segera," jawabnya.

Bunyi 'bip' dari mesin yang terus memeriksa denyut jantung Nina menjadi tidak teratur, semakin melambat.

"Apakah kita punya cukup waktu untuk satu cerita lagi?" Tanya Nina.

"Tidak banyak, tapi kita bisa mencoba," jawabnya.

Nina menggeleng.

"Tak apa, aku akan mendengarkannya, bahkan jika akhirnya menyedihkan."

"*Ada seorang gadis kecil yang manis. Rambutnya cokelat tua gelap dan mata hijau lebar. Dia menyukai cerita, semua jenis cerita ...*"

***

Ketika ayah bundanya kembali, mereka menemukan Nina terbaring di tempat tidur. Dia tersenyum tapi tak lagi bernapas. Tak juga terdengar bunyi 'bip' dari mesin yang mengawasi detak jantung putri mereka.

Mereka menangis tersedu-sedu. Dokter telah memperingatkan mereka, itu hanya masalah waktu. Meski begitu, mereka tidak berpikir bahwa akan terjadi secepat itu.

Jiwa mereka hancur, hancur hingga berkeping-keping, tetapi sekaligus lega.

Beban berat telah terangkat, dan sebagai gantinya luka kehilangan yang tajam dan dalam. Mereka merasakannya saat menangis dan menatap keluar jendela kamar. Menatap langit yang telah berubah menjadi abu-abu kelam pedih. Begitu tenggelam dalam kesedihan, sehingga tidak memperhatikan bekas terbakar di kursi.

Burung gagak beramai-ramai terbang ke barat.[]

Dongeng Naga

"Ceritakan dongeng tentang seorang pangeran."

"Ada seorang pangeran yang tinggal di sebuah puri yang rusak di tanah yang gersang. Dia tidak memiliki harta, tidak punya bala tentara, dan tak ada cinta yang tulus untuk menyelamatkannya. Tak ada keajaiban yang dapat menyuburkan tanahnya agar rakyatnya dapat bercocok tanah. Maka dia mengutuk langit dan sungai setiap hari, yang telah membuatnya dilahirkan untuk menjalani kehidupan sebagai pangeran yang miskin."

"Bagaimana mungkin dia menjadi pangeran kalau dia miskin?"

"Kamu tahu, biaya yang dibutuhkan untuk menjalankan pemerintahan sebuah negara sangat, sangat sangat mahal."

"Apakah dia tak punya peri atau penyihir atau naga yang memberinya emas permata?"

"Tidak."

"Kalau begitu dia butuh naga."

"Begitu menurutmu?"

"Dia membutuhkan naga dan cinta. Kamu juga harus memiliki cinta."

"Kamu sangat bijak untuk seekor naga yang masih sangat belia."

Naga muda itu mengerutkan hidungnya yang berasap.

"Ceritakan lebih banyak tentang pangeran miskin itu."

"Ya"

"Ayo, lanjutkan."

"Pangeran tidak mau menjadi pangeran, dia hanya ingin menjadi seekor naga yang membentangkan sayapnya yang lebar dan kuat, terbang menyusuri gunung dan lembah. Menaklukkan kerajaan, mengumpulkan harta berupa emas permata, dan mungkin juga menculik putri yang cantik jelita, dan siapa tahu sang putri akan jatuh cinta padanya. Sangat biasa seorang putri jatuh cinta pada penculiknya. Sindrom Stockhlom, begitu mereka menyebutnya."

"Atau dia akan memangsa sang putri tersebut."

"Atau dia akan memangsa sang putri, meski itu hanya akan mencegah rasa lapar untuk sementara waktu saja."

"Tapi dia sebenarnya bukan naga? Tidak ada sedikit pun darah naga mengalir di tubuhnya?"

"Tidak ada sedikit pun darah naga yang mengalir di tubuhnya."

"Jadi, apa yang terjadi pada pangeran tersebut?"

"Tidak ada yang terjadi. Karena tidak punya apa-apa, maka suatu hari dia mati kelaparan."

"Itu bukan cerita!"

"Bukan?"

"Itu bukan dongeng yang bagus."

"Tidak, mungkin tidak."

"Dia bisa pergi berpetualang! Dan menemukan banyak harta kekayaan!"

"Dan siapa yang akan menjalankan kerajaan jika dia pergi berpetualang?"

"Oh."

Naga muda itu kembali mengerutkan hidungnya. Asap tipis mengepul. Ia menggeliat membuat buku-buku jarinya bergemeretak.

"Bagaimana jika kita datangkan peri atau penyihir untuk mewujudkan keinginannya dan memberi anugerah yang tak diperolehnya waktu lahir?"

"Itu akan menjadi cerita yang bagus."

"Tapi tidak ada naga."

"Tidak, tidak."

"Aku akan menjadi naganya."

"Kamu? Dan apa yang akan kamu lakukan, jika kamu yang menjadi naganya?"

"Aku akan memberikan hartaku untuknya. Jika aku punya harta, tentu saja."

Tapak kakinya menggetarkan dinding gua. Ekornya terseret di lantai usang penuh goresan.

"Jika tidak punya?"

"Aku akan mencari harta untuk kemudian kuserahkan padanya. Dengan begitu, pangeran tak perlu lagi mengutuk langit dan sungai. Dia akan bahagia dan tak khawatir lagi dengan kesejahteraan rakyatnya sehingga dia bisa pergi berpetualang ke mana dia suka. Cerita yang bagus."

Hening sejenak, mungkin membayangkan kisah petualangan sang pangeran miskin.

"Dan aku juga akan menemukan cinta untuknya. Seorang putri, atau seorang gadis penjual minyak eceran di pinggir jalan. Pangeran juga jatuh cinta pada gadis-gadis penjual minyak eceran, bukan?"

"Mungkin saja."

"Apakah pernah ada cerita tentang pangeran yang jatuh cinta dengan naga?"

"Kadang-kadang, dalam dongeng terbaik yang pernah ada."[]

Ular dan Kodok

Kamu tidak mengerti, aku menginginkan ular dan kodok. Ya, rasanya licin dan melata di tenggorokan. Sungguh tak menyenangkan, namun layak untuk menjauhkan nasib buruk adikku.

Para peramal telah menentukan bahwa kami begitu miskin, sehingga suatu saat Bawang Putih yang cantik akan pergi mencuci baju di sungai dan pulang membawa bunga dan perhiasan. Ibu yang serakah menyuruhku melakukan hal yang sama. Bahwa ternyata aku tak bisa bersikap sopan pada orang asing, maka aku mendapat kutukan.

Jangan khawatir. Ular dan kodok berbisa keluar hanya saat aku marah, dan dalam seminggu mereka akan hilang.

Ya, lenyap. Bunga dan perhiasan Bawang Putih juga. Itulah inti permasalahannya.

Aku menduga ada sesuatu yang terjadi ketika pangeran itu muncul seminggu setelah Bawang Putih menerima 'anugerah'nya. Pemilik warung kelontong di ujung jalan baru saja pergi. Dia telah memaki-maki kami karena memberinya berlian terkutuk untuk pembayar hutang beras, tapi dia memaafkan kami dan pergi begitu melihat wajah Bawang Putih.

Mulut adikku yang malang berdarah karena onak duri. Giginya copot gara-gara berlian. Sepanjang minggu dia berusaha untuk tidak berbicara, namun dia tidak bisa menolak menjawab pertanyaan seorang pangeran.

Oh, bagaimana matanya menyala saat melihat rubi serta anyelir keluar dari mulut adikku! Dia langsung turun dari sepeda motor gede buatan Italia, menyatakan cinta abadi, dan menggendongnya Bawang Putih ke boncengannya untuk kemudian melesat pergi. Bawang Putih hanya punya waktu sedetik untuk berteriak. Aku memungut safir yang jatuh di trotoar.

Hati Ibu hancur. Ia menangis terisak-isak di hadapan setumpuk batu kerikil yang tak berharga. Aku terkejut. Keterkejutan yang berubah menjadi teror saat menyadari bahwa dalam seminggu semua harta perhiasan Bawang Putih akan lenyap. Aku ragu bahwa 'cinta abadi' sang pangeran misterius itu akan bertahan lebih lama dari itu!

Maka aku menyambar ember berisi pakaian kotor dan berlari ke sungai. Seorang wanita setengah baya memakai gaun sutra berdiri di atas batu kali, menatapku dengan mata berbinar.

"Maukah kamu membantu perempuan tua ini mencucikan selembar kain, Nak?" Katanya, dengan senyum yang dipaksakan oleh bibirnya yang kaku, mungkin baru dioperasi kosmetik.

"Jangan banyak bicara, tua bangka! Apa yang kau lakukan pada adikku?"

Keningnya berkerut berlipat-lipat.

"Saya memberikan hadiah atas kebaikan dan sopan santunnya. Jika kamu tetap bersikap kasar begitu, saya akan melakukan yang sebaliknya untukmu."

"Lakukan yang terburuk, tapi ambil kembali apa yang kamu sebut 'hadiah' dari adikku!"

Wajahnya berubah menjadi serupa iblis. Aku rasa dia sebenarnya memang iblis. Tanduk tumbuh di dahinya.

Perutku bunyi bergemuruh. Petir dan kilat menyambar-nyambar di langit. Perempuan itu lenyap.

"Bagus! Larilah!" teriakku.

Seekor ular belang meluncur dari mulutku, membuatku hampir muntah. Namun begitu ular itu jatuh di tanah aku tertawa, melontarkan selusin kodok hijau. Oh, ini sempurna!

Karena itulah, aku membutuhkan motor *matic*-mu. Aku telah berjalan kaki selama enam hari untuk menemukan jalan masuk ke istana pangerah misterius di puncak bukit. Aku telah menemukannya, tapi tanpa kendaraan, aku takkan pernah sampai di sana, sebelum permata Bawang Putih lenyap. Aku tak ingin memikirkan apa yang akan dilakukan pangeran itu terhadapnya saat dia menyadari bahwa anugerah Bawang Putih tak lebih dari batu biasa.

Berikan kendaraanmu lengkap dengan STNK! Aku akan naik menyerbu puri pangeran buruk rupa, menjatuhkan kodok dan ular beludak sebanyak-banyaknya. Begitu ular-ularku menelan para kurcaci penjaga istana, maka aku akan bisa mengalahkan sang pangeran.

Aku akan membawa adikku pulang.[]

Tiga Permintaan

Permintaan kedua yang saya ajukan kepada jin botol adalah kastengel, seperti yang biasa dibuat ibu. Awalnya dia tidak mengerti maksud saya.

"Kan sudah kubilang, aku tidak bisa melakukan hal seperti itu," katanya.

Satu detik kemudian, "Oh, kastengel. Aku mengerti."

Dia melipat tangan sambil menganggukkan kepala. *Cling!* Ia menyerahkan sebungkus roti wafer seharga seribu rupiah.

"Itu wafer, bukan keju," kata saya.

Kepala saya jadi pusing. Saya merasa mual, seolah udara tak cukup mengisi paru-paru. Sambil menahan kesal, dengan suaraku serak bagai terompet tahun baru saya berkata, "Coba lagi!"

"Oke, oke," katanya jengkel Gumpalan arum manis rambut nenek muncul di antara jari-jarinya, bahkan tanpa plastik pembungkus. Lengket, merah jambu pewarna tekstil, bagai bulu kelinci kusut.

"Menjijikkan," kata saya dengan ekspresi wajah yang sepadan.

"Sudah lama sekali," katanya. "Tidak ada yang percaya lagi dengan jin. Apa permintaanmu yang ketiga?"

"Saya ingin ibu saya kembali," jawab saya.

"Kukatakan padamu, aku tak bisa mengembalikan orang yang telah meninggal."

"Saya tahu," kata saya.

"Keinginan saya yang ketiga adalah jin yang bisa mengembalikan ibu saya."[]

Istri Jin Pengabul Keinginan

Pada masa dunia jin masih bersatu dengan alam manusia, hiduplah seorang Jin Pengabul Keinginan dengan istrinya. Jin Pengabul Keinginan adalah jin yang pintar namun lugu, tubuhnya bungkuk sejak lahir karena faktor keturunan. Istrinya cantik, lembut, baik hati dan mencintainya apa adanya.

Jin Pengabul Keinginan hidup bahagia, karena ia mendapatkan istri seperti yang ia inginkan. Istrinya juga senang karena suaminya bahagia, lembut dan baik hati, dan mencintainya sepenuh hati.

Orang-orang biasa memanggilnya dengan singkatan Jin Peking.

Jin Peking mencari nafkah dengan menerima bayaran dari kliennya. Berbeda dengan berita *hoax* yang beredar, Jin Peking hanya mampu mengabulkan satu permintaan saja, bukan dua apalagi tiga. Seseorang tidak bisa berharap untuk menjadi tenar dan kaya sekaligus, atau mendapat jodoh seorang pangeran tampan dan sebuah istana yang indah. Tidak juga permintaan akan mukjizat atau barang ajaib seperti awet muda selamanya atau dompet yang selalu berisi uang, atau permintaan yang berlaku tanpa batas waktu kedaluwarsa.

"Penting diketahui bahwa disetujuinya suatu permohonan hanya berlaku selama yang bersangkutan masih hidup," terang Jin Peking sambil mengelus dagu istrinya.

"Setelah pemohon meninggal, maka apa yang telah dikabulkan akan ditarik kembali. Dan jika ada pihak ketiga yang terlibat dalam permohonan, maka pihak ketiga tersebut akan terbebas dari akibat permohonan mendiang."

Istrinya tersenyum, namun memikirkan bagaimana rasanya menjadi manusia bebas tanpa ikatan.

"Permintaan juga tidak boleh berupa keinginan yang berlebihan," lanjut Jin Peking yang suka memamerkan keahliannya.

"Jadi, jika seseorang ingin mempunyai istri, maka..." ia merentangkan tangannya sambil tersenyum.

"...ia hanya dapat meminta satu saja," istrinya menyambung, selalu.

Tugas istrinya adalah sebagai resepsionis penerima klien, meminta mereka duduk di ruang tunggu. Kemudian ia akan mencari Jin Peking yang mungkin sedang berada di warung kopi atau persewaan PS4 atau warnet. Kemudian, setelah Jin Peking masuk lewat pintu belakang, istrinya akan memanggil klien ke dalam ruang periksa di mana Jin Peking duduk memakai jubah putih di belakang meja.

"Jubah putih membuat aku tampak berwibawa," katanya.

"Sangat penting untuk tampil berwibawa dalam pekerjaan ini," sambungnya lagi

***

Istri Jin Peking tak henti-henti terpesona melihat keinginan hati orang-orang yang mencari layanan suaminya.

Pernah seorang anak muda datang dengan putus asa, telah menjual biola Stradivarius milik ayahnya untuk membayar Jin Peking. Ayahnya adalah seorang komponis ternama tapi menjadi tuli karena demam tinggi. Anak itu berharap ayahnya dapat mendengar dan menciptakan musik lagi. Pada saat bersamaan, ia merasa dirinya telah mengecewakan ayahnya karena tidak mewarisi bakat musik, dan terlebih lagi, ayahnya pasti akan marah kalau tahu Stradivarius-nya telah dijual. Jin Peking menyuruhnya pulang dan kembali seminggu lagi setelah menentukan satu permintaan saja.

Setelah seminggu, anak itu kembali dan membaca keras-keras keinginannya:

"Aku berharap, aku menginginkan, aku memohon agar ayahku mendengar aku memainkan lagu masterpiece ciptaannya dengan biola baru yang sama persis dengan yang telah kujual."

Jin Peking akan mengambil sejumput serbuk kemenyan dari Hutan Atlantis, membakarnya sehingga menjadi asap kuning keemasan yang memenuhi ruang periksa. Tak lama kemudian anak itu bergegas pulang dengan sukacita sambil menjinjing biola barunya.

Suatu hari, seorang perempuan datang dengan membawa kaleng roti yang berisi uang hasil penjualan peralatan dapurnya. Suami perempuan itu seorang mandor pabrik yang kehilangan sebelah lengannya akibat kecelakaan kerja. Ia mengharapkan tangan suaminya bisa kembali utuh agar dapat mencari nafkah lagi. Namun pada saat bersamaan dia sendiri mandul dan merindukan kehadiran seorang anak perempuan.

Jin Peking menyuruhnya kembali minggu depan. Ketika perempuan itu kembali, ia membawa gulungan kertas kecil, dan membaca isinya keras-keras:

"Saya berharap, saya ingin, saya mohon agar suami saya dapat mengangkat tinggi-tinggi bayi perempuan kami dengan kedua lengannya yang kuat."

Jin Peking akan membakar kemenyan dari Hutan Atlantis. Tak lama berselang, perempuan itu pulang untuk mengabarkan kepada suaminya bahwa ia sedang hamil. Istri Jin Peking membayangkan calon bapak yang berbahagia itu memeluk dan mencium istrinya dengan mesra.

Jin Peking selalu — *sekali lagi: selalu* — menyuruh kliennya pulang dan kembali seminggu kemudian, meskipun ada juga satu-dua yang kembali dalam hitungan jam karena telah berhasil menyatukan beberapa keinginan menjadi permohonan tunggal.

"Sebenarnya setiap orang mampu membuat keinginan mereka sendiri terwujud," katanya kepada istrinya, "kalau saja mereka mau sedikit berusaha."

Dia selalu menekankan kepada kliennya agar menyampaikan keinginannya serinci mungkin namun ringkas.

"Ketepatan kata-kata sesungguhnya tidak begitu penting. Hasrat keinginan bukan hal yang mudah berubah, selama seseorang tidak terlalu serakah dan dapat menyatakan keinginannya dalam satu kalimat."

Jin Peking dan istrinya hidup nyaman dan bahkan kaya raya, karena ia mencatat keinginan si kaya maupun si miskin. Jika klien tidak memiliki uang, ia menerima pembayaran berupa barang atau makanan, bahkan hadiah dari pelajaran musik untuk istrinya. Terkadang, menjelang musim kawin di bulan Haji, dua kekasih mengajukan permohonan dan masing-masing membayar untuk jasa yang diberikan Jin Peking.

Istrinya pernah bertanya, apakah Jin Peking mempunyai keinginan yang belum terwujud. Ia tersenyum dan menjawab:

"Aku punya satu keinginan yang sudah kupakai."

***

Musim berganti musim, tahun-tahun berlalu dengan cepat. Jin Peking telah menjadi jin tua yang tambun. Otot-ototnya mengendur dan sendi-sendinya berderak akibat rematik. Ia sudah jarang menerima klien dan lebih sering hanya berbaring di ranjangnya. Istrinya sendiri masih kuat, sehat dan cantik.

Sebenarnya istrinya mempunyai keinginan-keinginan yang tak mungkin diucapkan. Ia menginginkan suaminya sehat dan kuat seperti mudanya dulu. Ia juga ingin bebas bepergian sendirian ke seluruh dunia tanpa harus mengurus suaminya yang sakit-sakitan. Namun ia tak bisa, karena ia mencintainya.

Semakin hari penyakit Jin Peking semakin parah. Terkadang saat sedang melamun, mendadak ia marah-marah tak menentu. Kelembutannya sudah menghilang entah ke mana. Kliennya tak lagi datang berkunjung, pindah ke tempat praktik Jin Pengabul Keinginan lainnya.

Sebenarnya penyakit Jin Peking berasal dari pikirannya sendiri. Istrinya telah memanggil berbagai tabib dan dukun untuk menyembuhkannya, namun Jin Peking mengusir mereka semua dengan kasar. Ia menuduh istrinya berniat menyakitinya, bahkan membunuhnya. Istrinya diam saja, hanya balas memaki dalam hati. Bagaimana pun juga, ia masih mencintai suaminya dan tetap merawatnya semampunya.

Semakin hari kondisi Jin Peking semakin memburuk. Sampai suatu hari ia begitu lemah sehingga tak mampu mengusir tabib yang dipanggil datang untuk memeriksa kondisinya, meski tetap memaki-maki dengan suara berbisik parau.

Si istri menuangkan teh ke dalam cangkir untuk sang tabib sembari meminta maaf atas kata-kata kasar Jin Peking. Mereka duduk di ruang periksa yang berdebu.

Sang tabib melihat wadah kaca tempat Jin Peking menyimpan bubuk kemenyan dari Hutan Atlantis yang terletak di atas rak kayu. Isinya nyaris kosong. Sedikit serbuk langka yang tersisa hanya cukup untuk mengabulkan satu permintaan saja lagi. Berkas sinar matahari menerobos melalui ventilasi tepat jatuh di atas sisa serbuk kemenyan, memantulkan cahaya kemilau kuning keemasan.

"Sebuah permintaan mungkin dapat menyelamatkannya."

Sang istri menatap wadah kaca. Pipinya basah oleh linangan air mata. Ia menggeleng.

"Ah, tentu saja. Anda telah mendapatkan satu keinginan sejati Anda," tebak sang tabib.

"Belum, "suaranya berbisik.

Kerutan kecil muncul di kening tabib.

"Anda tidak menginginkan suami Anda sembuh?"

Tidak, jawab hati sang istri.

Ia menarik napas panjang dan menatap lurus mata tabib.

"Sebuah keinginan tidak boleh berlebihan," jawabnya setelah membuang napas pendek.

Sang tabib memandang lagi ke dalam matanya dan mengerti.

"Berikan ini untuk mengurangi penderitaannya," tutur sang tabib sambil menyodorkan sekantung herbal.

Istri Jin Peking membayarnya dengan sisa serbuk kemenyan Atlantis yang sebetulnya harganya berlipat-lipat dari tarif normal sang tabib.

***

Semakin hari Jin Peking semakin melemah. Selama berbulan-bulan, istrinya merawatnya dengan penuh perhatian. Bukan karena cinta, tapi karena mengingat masa lalu ketika suaminya merupakan seorang jin yang baik hati dan sayang kepadanya.

Suatu senja tibalah akhir hayat Jin Peking. Ia mengembuskan napas terakhirnya sambil tersenyum menggenggam jemari istrinya, matanya tertutup bahagia.

Maut yang datang berbelas kasih mengambil nyawanya tanpa menyebabkan nyeri sama sekali.

Wajah yang tersenyum dengan mata terpejam itu adalah wajah penuh kasih sayang yang dulu dikenalnya, membuat sang istri berduka sejenak. Sampai akhirnya gumpalan asap kuning muncul mengepul dari dahi sang mayat.

Penderitaannya berakhir sudah. Sebuah luapan kesadaran yang nyaris menenggelamkannya, bahwa kini dirinya telah bebas. Asap kuning keemasan itu semakin pekat membentuk awan, berputar-putar dalam ruangan sebelum akhirnya keluar melalui lubang ventilasi, menuju langit dan meninggalkan jejak keemasan yang semakin memudar dan mendadak lenyap tak kasat mata.[]

Jin dalam Botol

Joze dan Jeni saling jatuh cinta. Mereka sering pergi menonton pertandingan sepak bola, terutama jika Persib sedang berlaga.
Bagaimana mungkin? Berikut kisahnya.

***

Joze bergegas menuju ke ruang kelas. Pelajaran terakhir biologi. Jika ia bisa selamat melalui pintu, maka hari ini ia selamat bertahan satu hari lagi di SMA ini.

Genta muncul entah dari mana dengan dua temannya yang berbadan besar.

"Hei, Joz. Ke mana *aja* lu? Dari tadi gue *nyari-nyari* baru ketemu sekarang."

Joze mencoba menghindari mereka.

Genta mengulurkan tangannya yang panjang, mencengkeram kerah kemeja Joze dan dalam sekejap Joze sudah terkapar di lantai

"Gimana jurus baru gue? Mantap, kan?" Genta menonjok perut Joze hingga ia tersentak.

"Jawab, dong! Lu enggak punya mulut?"

Genta tertawa kecil dan menatap kedua anteknya. Mereka tertawa ngakak bersama.

Joze berjuang melawan sesak napasnya. Ia menyeret dirinya menyusuri dinding lorong, melewati pintu dan duduk di kursinya.

Ada anak baru yang duduk di kursi depan, memandangnya penuh perhatian. Mungkin juga kasihan.

***

Malam itu, sebelum jatuh tertidur, Joze berpikir tentang anak baru yang namanya bahkan ia tak tahu. Ia juga berpikir tentang Genta, bagaimana caranya menghadapi perundung yang tak kenal lelah mengganggunya setiap hari.

Dan kemudian ia bermimpi. Mimpi yang aneh, seakan nyata adanya.

Ia berjalan menyusuri pantai yang sepi. Seberkas sinar memantul dari benda berkilau menarik perhatiannya. Sebuah botol minuman ringan tertutup sumbat gabus.

Joze berlari mengambilnya. Mungkin isinya surat cinta dari gadis cantik di negeri seberang yang mendambakan seorang kekasih.

Ia memegang botol tersebut dan menerawangkannya menentang matahari. Tidak ada surat, hanya sesuatu yang bergerak di dalamnya.

Semula ia mengira itu adalah seekor kepiting kecil. Ternyata perkiraannya salah. Seorang laki-laki kecil, mengenakan baju seragam Persib bernomor punggung 5.

Lelaki kecil itu menunjuk ke tutup gabus di atas kepalanya.

"Keluarkan aku dari sini."

Joze membuka sumbat botol dan ... tidak terjadi apa-apa. Ia mengintip ke dalam botol. Lelaki kecil itu telah menghilang.

"Mencari aku?" suara menggelegar datang dari belakang Joze. Ia memutar tubuhnya.

Seorang pemain sepak bola setinggi 2 meter 25 sentimeter.

Joze terhuyung mundur dan jatuh di pasir.

"Kamu tinggi sekali. Seharusnya kamu jadi kiper."

"Oh, maksudmu ini?" jawab sosok tinggi menjulang di hadapannya menunjuk bajunya sendiri.

"Aku cuma bobotoh. Tak mungkin seorang jin diizinkan bergabung dalam tim profesional. Percayalah. Aku pernah mencoba sembilan ratus tahun silam."

Joze tak mempercayai pendengarannya.

"Kamu jin?"

"Siapa lagi yang bisa tinggal di dalam botol selain jin?"

"Serius? Apakah kamu bisa mengabulkan keinginan?"

"Tentu, tentu. Jadi apa yang kamu minta?"

"Hah?"

"Apa keinginan kamu, anak muda? Apa kesenanganmu? Bagaimana aku bisa membuat kamu senang?"

"Aku mendapat tiga permintaan, kan?"

"Tiga?" Jin itu berkacak pinggang. "Kamu serakah, ya?"

"Yah, selama ini dongeng tentang jin menyebutnya begitu."

"Tidak denganku, anak muda. Kamu harus bersyukur bahwa aku sudi mengabulkan satu permintaan saja."

"Tapi bukankah ada semacam aturan jin? Tentang kode etik?"

Jin itu mengedarkan pandangannya melihat sekeliling, memastikan mereka hanya berdua. Kemudian ia membungkuk hingga hidungnya berjarak satu sentimeter dari hidung Joze, lalu berbisik:

"Aku dikurung dalam botol karena melanggar kode etik."

Joze menggelengkan kepalanya.

"Sungguh tak adil. Untuk pertama kalinya dalam hidupku aku punya jin dan—"

"Dengar, anak manja. Pilih satu keinginan atau aku akan mengubahmu jadi kodok dan kembali ke dalam botol."

"Kamu bisa mengubahku jadi kodok?"

Jin tertawa.

"Tidak! Tentu saja tidak." Tampangnya berubah serius. "Kecuali itu permintaanmu."

Joze berpikir keras.

"Karena aku tidak bisa mendapatkan tiga keinginan, bagaimana dengan satu keinginan yang terdiri dari dua bagian?"

"Aku tahu kamu memang licik."

"Ayolah, jin."

"Coba kamu katakan."

***

"Bangun, Joz. Nanti terlambat ke sekolah."

Mamanya menggedor pintu sampai akhirnya ia tersadar penuh. Rasanya semalam ia bermimpi, namun ia sudah lupa tentang apa.

Berlari ke sekolah, ia langsung menuju ruang kelas. Lorong nyaris kosong. Genta muncul dari tikungan. Tidak ada jalan keluar.

"*Ngapain* lu di sini, Tolol? Apa lu enggak tahu kalau bel masuk *udah* bunyi dari tadi? "

Genta meninju perutnya, membuatnya kehabisan napas.

"Pukul dia." Ia melihat ke sekeliling. Dari mana asal suara itu?

"Pukul dia keras-keras, sekarang!" Kata suara itu lagi.

Joze mengenalinya: Jin.

"Tonjok mukanya!"

Tanpa disadarinya, kepalannya melayang mengenai rahang Genta.

Pikirannya memproses apa yang barusan terjadi. Dalam gerakan lambat, ia melihat tinjunya mengelus dagu Genta, menyebabkan kepala perundung itu terpuntir keras ke samping.

Genta pulih segera.

"Lu pikir lu bisa *ngalahin* gue, *bencong*?"

Joze merasa ajalnya sudah tiba.

"Tendang anunya," perintah jin.

Secepat kilat bagaikan rudal antar benua kakinya terbang tepat menghantam sasaran yang terletak di selangkangan.

"Wadaw!" kata jin, tertawa.

Genta terbungkuk-bungkuk mencekal selangkangannya. Sakitnya pasti luar biasa.

"Hajar dia, tendang perutnya dengan dengkul."

Joze mengikuti setiap saran sampai ke titik koma.

"Apa yang kamu lakukan?"

Dia berbalik. Gadis itu, si anak baru, berlari ke arahnya.

"Tendang kepalanya, Joze!" teriak Jin. "*Habisi* dia!"

"Hentikan!" teriak si gadis, langsung berlari menuju ke arahnya.

Joze merasa sebelah kakinya mundur.

Jin menjerit kencang.

"Tendangan penalti di depan gawang Persija akan mengirim Genta ke rumah sakit! Tembaaak!"

"Jangan, Joz!" gadis itu berseru.

Joze terkejut. Gadis itu tahu namanya!

"Tendang, Joz!" Jin berteriak. "Lakukan sekarang! Dia tidak pantas untuk hidup. *Bunuh* dia!"

Joze tak ingin mendengarkan Jin lagi. Dia hanya ingin menanyakan bagaimana anak baru itu bisa tahu namanya. Namun tubuhnya bergerak di luar kendali. Kakinya bergerak maju, mengayun ke belakang. Setiap detik akan menghantam tengkorak kepala Genta dan tak ada yang bisa menghentikannya–

Sesuatu menghantamnya dengan keras. Ia terguling, kepalanya membentur lantai.

***

"Joz?"

Empuk dan hangat bantal yang menyangga kepalanya. Ia membuka matanya. Wajah gadis itu! Ternyata yang empuk dan hangat adalah pangkuan si anak baru yang sedang menggosok-gosok dahinya dengan lembut.

"Maafkan aku, Joz. Aku harap aku tak menyakitimu."

"Kamu tidak menyakitiku." Joze *nyengir* menatap bintang berputar-putar.

"Mengapa kamu mengira kamu menyakitiku?"

"Aku mendorongmu sampai jatuh karena kamu hendak menendang kepala anak itu. Aku tidak menyalahkanmu marah padanya, karena aku melihat bagaimana dia mengganggumu setiap hari. Tapi aku tak bisa membiarkan kamu menendang kepalanya."

"Jujur saja. Aku tak tahu setan mana yang merasukiku tadi."

"Kita belum resmi berkenalan. Namaku Jeni."

Joze bangkit duduk dan menerima jabat tangannya

"Serius namamu Jeni?"

"Apa?"

"Oh, maaf." Joze berdiri.

Jeni juga bangun.

"Kamu baik-baik saja?"

"Aku enggak apa-apa ... asal kita nonton film berdua besok malam."

Jeni tersenyum.

"Maaf, aku punya rencana."

Dahi Joze berkerut.

"Aku tak bisa melewatkan Persib bertanding."

"Kamu penggemar Persib?"

"Bobotoh sejati."

"Gila."

"Apa? Kamu tak suka Persib?"

"Enggak, bukan *gitu*. Aku bukan penggemar klub mana pun. Aku belum pernah nonton sepak bola."

"Serius? Kalau gitu kita nonton bareng. Aku akan membuat kamu menyukai sepak bola. Kalau perlu pulangnya aku traktir es goyobod."

"Aku suka es goyobod."

"Sip," sambut Jeni. "Kalau *gitu* besok kita kencan."

"Tapi tidak ada yang didorong sampai jatuh, kan?"

Jeni terkikik. "Aku janji enggak akan mendorong kamu lagi."

"Sebetulnya aku suka didorong."

Jeni mendorongnya keras sehingga Joze hampir jatuh. Tawa mereka berdua bergema di lorong sekolah.[]

Jin Warisan Keluarga

Ia membuatku gila.

Maksudku, jin khadam keluarga yang tinggal dalam batu akik hijau besar yang tertanam dalam cincin perak yang berat ini membuatku gila. Benar ia telah melindungi dan menjaga keluarga kami dari generasi ke generasi. Dan setelah aku mewarisinya, aku baru sadar bahwa ia adalah jin gila. Alih-alih menawarkan nasihat bijak, ia tertawa keras tak bisa diam. Cukup sudah membuatku ikut gila juga.

Kesal, aku melemparkan cincin itu ke dalam kolam ikan di di pekarangan belakang. Secercah sinar hijau berkelebat di air jernih, hingga riak gelombang akhirnya berhenti.

Aku sungguh tergoda untuk membiarkannya di dalam sana. Anggota keluarga yang lain baik-baik saja tanpa adanya jin, dan sepertinya belakangan ini *nyaris* segalanya berjalan normal.

Akan sangat menyenangkan jika setiap tindakan dan setiap kata kita tidak dikritisi oleh makhluk tanpa emosi dan berselera humor rendah seperti jin.

Namun tanpa emosi atau tidak, ia sebenarnya selalu baik padaku, dan aku sudah tidak punya anggota keluarga dekat lain selain adikku. Sungguh tak pantas aku tidak bisa meninggalkannya di dalam kolam, sendirian mengoceh tak keruan.

Aku mengambil benda warisanku yang lain, cermin perak berbingkai gading dan cula badak yang bersinar meski terbungkus sutra tiongkok era dinasti T'ang. Kulepaskan dari pembungkusnya dan kemudian mengangkatnya tinggi-tinggi.

"Cermin," ujarku, "tunjukkan apa yang akan membuat sang jin senang."

Cermin itu menunjukkan sebuah pantai dengan pasir putih dan air sebiru lazuli. Rasanya aku pernah melihatnya di situs wisata. Aku mengedipkan mata.

"Apakah jin butuh piknik? Kamu menyarankan kami berlibur?"

Bayangan pantai dengan ombak berdebur itu memudar.

Aku menjejalkan cermin itu kembali ke dalam pembungkus sutra dengan hati-hati.

Kondisi keuanganku tidak memungkinkan kami pergi dengan pesawat terbang, tapi untuk sebuah tiket kereta masih mungkin. Aku rasa sudah lebih dari layak apa yang akan kulakukan untuk jin yang kurang waras.

Namun, melakukan perjalanan seperti itu berarti aku harus mengaku kepada adikku bahwa seminggu bersama jin telah membuatku gila. Ia pasti akan tertawa lebih gila lagi dari sang jin.

Apa boleh buat, lebih baik aku menghadapinya. Mungkin aku harus mengaku pada diriku sendiri bahwa aku lebih menyukai jin itu daripada yang dapat aku akui. Perjalanan ke pantai berpasir menjadi tidak begitu berat, kelihatannya.

Saat aku menjaring cincin itu dari dalam kolam, sang jin hanya diam saja.

Aku menyelipkan cincin itu ke jari tengah.

"Kamu baik-baik saja, jin?" tanyaku.

Ia menatapku dengan tatapan setajam pedang laser.

"Kamu membuangku ke dalam kolam ikan," ujarnya gusar.

"Gara-gara kamu bertingkah seperti jin gila."

"Aku tak tahu apa maksudmu, nak," katanya. Lalu tertawa terkikik-kikik.

Aku memencet hidungku kesal.

"Sial."

Perjalanan dengan kereta itu indah dan santai. Matahari bersinar di luar, pemandangan gunung dan sawah serta padang rumput yang indah. Kota-kota kecil yang ramah. Aku tertidur di kursi panjang karena di sisiku tak ada penumpang lain. Sukurlah. Meski begitu, aku menyembunyikan jin itu ke dalam ransel di antara pakaianku. Setidaknya suara tawa gilanya teredam.

Saat kami tiba di dekat pantai, langit mulai gelap.

Namun perjalanan itu telah meringankan sesuatu yang menghimpit di dalam dadaku. Aku membawa sang jin ke tepi laut. Saat itu hujan turun. Kami berdiri bersama di pantai, lalu tertawa dan menangis berdua.

Aku belum menangis sejak kecelakaan itu. Aku kehilangan kedua orangtuaku, tapi aku tak menangis. Dan aku menanggung begitu banyak beban. Aku sama sekali tidak tahu tentang kesedihan yang kupenjarakan di dalam, hingga akhirnya kini kubiarkan tercurah semua keluar.

Saat aku berjalan menuju hotel kelelahan, badan dan baju basah kuyup, mata pedih dan tenggorokan perih, jin itu berkata:

"Nah, sekarang perasaanmu jadi lebih baik, kan?"[]

Tidurlah, Tidur

Perlu setahun bagi Aurora untuk memahami apa itu 'jarum'. Ditambah setahun lagi untuk mengumpulkan kepingan kisah tentang kutukan yang dilontarkan peri yang marah padanya saat ia lahir, tanpa membuat ayahnya curiga.

Sang putri menggeledah ruang tahta, istal kuda, dapur istana ... tidak ada jarum di mana pun. Ayahnya sangat teliti.

"Seratus tahun," gumamnya gudah sambil mengaduk-aduk laci lemari mendiang ibunya. Nyaris tak ada apa-apa selain baju adik pangeran lelaki yang meninggal bersama Ibu, sehingga ayahnya kehilangan semangat hidup.

Anugerah yang diterima dari para peri tak berguna sama sekali. Suaranya yang merdu tak mampu menghibur hati ayahnya yang berduka. Kecerdasan dianggap tak berguna, karena seorang putri—*betapa pun pintarnya*—tidak akan dapat menggantikan posisinya di tahta kerajaan.

Aurora mendaki tangga menara. Lututnya nyeri bagaikan terbakar. Menara ini satu-satunya tempat yang belum pernah dimasukinya.

Ia terus memaksa untuk naik ke puncak, dipaksa gosip yang ia dengar tentang para pelamar yang berlomba-lomba mengambil hati Sang Raja.

Seratus tahun dari sekarang, semua pangeran itu akan tiada.

Terengah-engah, dia mendorong pintu bilik di atas menara. Bunyi deritnya mengalahkan suara mesin pintal yang sedang dikerjakan oleh seorang wanita tua yang duduk dekat jendela.

Menyaksikan jarum menari-nari, bulu kuduk sang putri mendadak merinding, mirip burung kenari di dalam sangkar mengamati seekor kucing yang mendekat mengendapendap. Aurora bisa—*kalau dia mau*—bergegas turun meninggalkan menara dan menghadapi dengan pangeran pilihan ayahnya. *Huek*. Lebih baik memilih yang ini.

"Kamu yang mana?" teriaknya.

"Maaf, Nak?"

"Peri mengutukku dengan kematian, atau yang mengubahnya menjadi tidur seabad?"

Perempuan tua itu tidak berpura-pura bodoh.

"Apakah itu penting? Kutukan mengatakan bahwa Anda akan tidur selama seratus tahun. Tidak ada yang bisa mengubahnya sekarang."

"Aku bisa menolak menyentuh jarum itu."

"Tentu. Anda bisa turun kembali dan menikah dengan pangeran pilihan ayah Anda. Mungkin dia memang jodoh impian Anda."

"Ha!"

"Atau Anda bisa memilih untuk tidur seabad, sendirian. Tidur lelap tak berdaya."

"Jadi, aku akan tertidur, tidak tahu apa-apa sampai aku terbangun, maka akan ada seorang pangeran sejati yang menantiku."

"Tidak semua pangeran terhormat, Sayang. Takdir yang belum terjadi masih mungkin berubah. Akhir cerita ini kemungkinannya tak terbatas."

"Kamu tahu yang mana yang akan aku dapatkan jika menyentuh jarum itu?"

Wanita tua itu tidak lagi berbicara sepatah kata pun.

Aurora menatap pintu di belakangnya, dan kembali bulu romanya bergidik.

Tangannya terjulur menyentuh ujung jarum. Lututnya tertekuk, dan sebelum ia terjatuh, perempuan tua itu berhasil menangkapnya. Ia membawa Aurora ke seberang ruangan, dan meletakkannya di atas ranjang yang terdapat di sana.

"Anda ingin tahu saya yang mana, Putri?"

Dia membungkuk dan berbisik di telinga sang putri tidur. Lalu dia menegakkan tubuhnya sehingga punuk di punggungnya lenyap. Wajahnya mengencang menjadi wanita cantik. Sambil menghela napas, ia meninggalkan menara melalui jendela.

Di luar, tanaman semak berduri mulai merambat menjalar naik tembok istana.[]

Kepak Sayap Kupu-Kupu

Di bawah tudung hutan hujan tropis Gunung Leuser, tak ada suara hewan liar yang terdengar. Dua kepompong kecil tergantung pada jamur kuping raksasa. Seekor kepompong mulai berkedut dan bergidik, dan beberapa saat kemudian, hal sama terjadi pada kepompong satunya lagi.

Kepompong pertama retak dan terbuka perlahan, dan dua sayap putih cerah dari seekor kupu-kupu perlahan muncul dan bertengger di pinggir payung jamur kuping. Kurang dari satu menit, kepompong kedua menetaskan seekor kupu-kupu bersayap merah kehijauan yang lebih besar.

Mereka hinggap berdampingan di pucuk cendawan kuping raksasa dalam hutan yang sunyi tanpa suara. Kemudian kupu-kupu yang lebih besar mengepakkan sayapnya, melayang naik ke udara. Mendadak ia mengepakkan sayapnya kuat-kuat, lalu kembali mendarat ke jamur kuping.

Udara yang dilontarkan oleh kepak sayapnya berputar-putar bertabrakan dengan angin barat dari Australia, menambah kecepatannya secara eksponensial, mengangkat udara panas tinggi ke atmosfer hingga mengganggu aliran awan es dingin di stratosfer. Butir-butir es sebesar kacang tanah terjun bebas di atas Bandung Utara, melubangi daun dan kanopi pelindung teras ruko. Di lepas pantai Tasmania sebelah utara, udara hangat bertekanan rendah membentuk siklon. Topan melanda pantai Australia terus melaju ke selatan, menyapu kota kecil Banana dengan penduduk kurang dari 500 orang. Tak ada korban jiwa manusia, selain sapi-sapi perah yang berterbangan terhumbalang ke atap lumbung.

Sementara semua itu berlangsung, sang kupu-kupu merah kehijauan hinggap dengan anggunnya di tengah payung jamur kuping, melipat sayapnya, terlihat sangat puas dengan kemampuannya.

Di sebelahnya, kupu-kupu putih kecil mengepakkan sayapnya tiga kali dan melambung tinggi ke angkasa sebelum kembali mendarat di sebelah tetangganya. Tidak ada yang terjadi. Udara yang dihembuskan kepakan sayapnya tidak menimbulkan peristiwa apapun.

Ia menoleh ke sebelahnya, melihat rekannya mengibarkan sayap untuk kembali mengirim taifun ke Filipina dan tornado skala 4 Fujita ke Kansas, mengantar Dorothy kembali ke Oz.

Kupu-kupu sayap putih mengepakkan sayapnya dan lagi-lagi tak terjadi apa-apa.

Terbakar oleh rasa putus asa, kupu-kupu putih menghentakkan kaki mungilnya ke permukaan jamur kuping yang diinjaknya. Getaran kecil akibat hentakan itu menggema melalui batang jamur dan masuk jauh ke dalam mantel bumi. Semakin lama, amplitudo getaran menguat dan akhirnya menggoyahkan setiap patahan dan sesaran tektonik kulit bumi yang yang rapuh hingga jauh ke utara. Jepang porak poranda, Hawaii menjadi lautan lahar dan California tenggelam ditelan Samudra Teduh.

Puas dengan hasil kerjanya, kupu-kupu putih melirik rekannya yang lebih besar, dan akhirnya terbang tinggi ke puncak gunung.[]

Satu Jam Bersama Dora

Sore itu langit cerah keemasan. Meski demikian, sesekali terdengar suara guntur di kejauhan. Mungkin sebentar lagi awan mendung akan datang bergulung-gulung mengganti warna langit menjadi kelabu tua.

"Kotak ini isinya emosi dan perasaan," desahnya.

Jemarinya yang keriput mengusap sudut kotak yang berukir, menonjolkan engsel kupu-kupu dari perunggu.

"Kotak inilah yang menyimpan semuanya."

"Ceritakan tentang hal itu."

Aku bersandar ke sofa dan menatap mata cekungnya tercenung. Dahulu kala, kedua mata *lamur* itu pasti telah memicu ide tentang kotak itu. Mata yang berkobar karena niat iseng.

Dia menggelengkan kepalanya, begitu kuatnya sehingga aku khawatir leher kurus dan keriput itu akan putus dan kepalanya menggelinding ke bawah dan terbawa arus deras sungai Styx menuju Hades.

"Mereka tidak seharusnya dikurung seperti itu."

"Mereka ... maksud Anda emosi dan perasaan? Makanya Anda kemudian membiarkan mereka keluar?"

Nada jahat itu muncul dalam suaraku. Aku tak bisa menahan tuduhan yang diajukan oleh semua orang. Kita semua tahu kisahnya. *Semua salahnya.*

"Seorang gadis muda yang pernah melakukannya."

Rasa bersalah melapuk di matanya yang berkedip, namun tak lagi bermata air.

"Apa yang terjadi?"

Aku mencondongkan tubuh ke depan, menyalakan perekam digital mp3 dan meletakkannya di samping cangkir berisi teh *camomile* yang mendingin di antara kotak itu dan diriku. Kotak yang termasyhur itu.

"Tidak ada yang mengerti."

Jemarinya tidak pernah berhenti membelai, mengusap lembut kotak itu berulang-ulang. Menelusuri siku dan sudutnya berputar-putar membentuk lingkaran-lingkaran. Aku bisa melihat kuku jarinya yang terawat rapi dicat hitam putih.

"Saya rasa tidak ada yang mengerti sampai Anda menjelaskannya."

"Mereka semua salah."

Kuku jari telunjuknya berada di kunci pengait, satu gerakan kecil maka kotak itu akan terbuka. Membuat bulu kudukku merinding.

"Hanya emosi dan perasaan, apalah artinya."

"Dan mereka tidak berbahaya, begitu menurut Anda?"

Dia tertawa nyaring, dan sesaat, aku mendengar gaung gelak gadis remaja yang pernah riang dulu.

"Menurut Anda, tidakkah dunia jadi membosankan tanpa emosi dan perasaan? Begitu juga jika hanya merasakan perasaan yang sama dari waktu ke waktu waktu?"

"Apa itu yang terjadi?"

Dia mendusin, menarik kotak itu lebih dekat sambil mengelusnya lebih cepat.

"Apa yang terjadi pada Anda—pada gadis itu? Apakah dia bosan? Apakah dia dihukum?"

"Dihukum?"

Dia mendengus dan jari-jarinya menekan kait sehingga kembali mengunci. Jari jemarinya terus berputar-putar bagai menari.

"Apakah menurut Anda seharusnya dia dihukum?"

"Saya tak tahu. Saya di sini untuk mewawancarai Anda, mencari tahu apa yang telah terjadi."

Hitam putih ujung jari berputar putar di atas kait kunci emas yang nyaris terbuka sedetik lalu.

"Apakah Anda pernah melepaskan sesuatu? Maksud saya, sejak kejadian *itu*?"

"Perasaan yang sama terus berulang, dan Anda mengira mereka akan berterima kasih pada gadis itu."

"Tapi ternyata mereka tidak melakukannya?"

"Tidak."

"Sudah berapa kali Anda membuka kotak itu?"

"Hanya beberapa kali."

"Tapi lebih dari sekali, bukan?"

Kunci emas itu berayun tergantung pada benang perak. Engsel perunggunya tampak kendor. Semua tampak mengancam akan bergerak membuka tutupnya.

Kedua tangannya mengangkat kotak itu, memiringkannya ke kiri dan ke kanan.

"Apakah Anda menyalahkan saya?"

"Tidak."

Aku memejamkan mata dan membayangkan bumi berputar ketika kotak terbuka. Sudah pernah terjadi dan nyatanya aman-aman saja.

"Bukan hak saya menyalahkan Anda."

Bosan dan membosankan.

"Apakah Anda ingin saya membukanya sekarang?"

Aku menggelengkan kepala bukan karena menolak usulnya, namun untuk mengusir pusing di kepala, denyut nyeri di pelipisku.

"Tidak, saya— "

"Hanya mengintip."

Suara kunci pertama berputar perlahan terdengar bergaung.

"Saya mulai ahli menutupnya dengan cepat."

Marah. Senang. Sedih. Kecewa. Benci. Cinta. Cemburu. Sengsara. Harapan. Putus asa. Apa lagi?

Aku membayangkan sebuah perasaan baru yang belum pernah dirasakan oleh manusia mana pun, dan aku menjadi manusia pertama yang merasakannya. Kecuali kotak itu dibuka, perasaan itu takkan pernah ada. Tidak sampai aku memintanya untuk melakukannya, sampai aku memintanya untuk mengintip sedikit.

Aku bersandar ke arah wanita yang mendadak menjadi kembali remaja, dan bersama napasku yang tertahan, dunia seakan berhenti berputar.

Bunyi 'klik' kunci diputar untuk kedua kalinya, disusul suara seseorang yang begitu akrab berbisik parau:

"*Lakukanlah.*"[]

Puri di Awan

Liana sungguh menyukai hujan, karena ia tinggal di awan.

Saat cuaca cerah, rumahnya hanyalah pondok yang nyaman dipagari pegunungan biru cemerlang. Namun ketika mendung menguasai langit maka gubuknya berubah menjadi istana megah, menara-menaranya melingkar tinggi menjulang, dan ratusan bilik untuk dikunjungi.

Setiap hari angin bertiup membawa mega melayang, Liana mendapati dirinya berada di tempat yang baru. Dan ketika awan tertambat di gunung dan perbukitan, Liana meluncur turun bersama hujan mengunjungi bagian bumi di bawahnya.

Suatu pagi yang cerah, angin membawa awan Liana—yang pada hari itu sebuah pondok berlantai dua—melewati sebuah gunung. Liana mengagumi lereng yang curam melalui jendela yang terbuka. Seekor burung rajawali bertengger di pucuk pohon sengon laut purba yang tua dan lapuk.

"Hai," sapa Liana.

"Apa kabar?"

Burung rajawali itu mengedipkan matanya yang merah menyala bagai saga membara.

"Baik. Anda sendiri apa kabar?"

Gaun Liana berkibar tertiup angin saat dia mencondongkan tubuh. "Sangat baik. Awanku tumbuh dengan baik. Seharusnya hujan pada hari Sabtu."

"Dengan kondisi angin seperti ini, Anda akan melewati Sokaraja hari itu."

Rajawali itu menelengkan kepalanya. "Tepat pada saat Perayaan Pasar Seni Rakyat."

Liana bertepuk tangan dengan hati riang gembira penuh suka cita.

"Perayaan? Sungguh menarik!"

Rajawali itu mengepakkan sayapnya yang membentang lebar dan kemudian melayang sambil memekikkan salam perpisahan. Liana sungguh ingin seperti burung rajawali, bisa terbang bebas kemana sayap mengepak.

Tepat seperti ramalan sang rajawali, pada hari Sabtu, pondok berlantai dua Liana yang telah tumbuh menjadi puri berdinding kelabu berada di atas kota Sokaraja. Gerimis turun perlahan bagai tirai lembut yang menjurai.

Ia mengenakan gaun biru langit dan putih kapas, kemudian meluncur turun menunggangi tetesan air hujan. Lumut basah empuk menampungnya saat ia mendarat di hutan tapal batas, dan segera ia melompat mengikuti jalan setapak menuju kota.

Di toko peralatan kriya, Liana berhenti untuk membeli canting dan lilin untuk membatik. Ia ingin menghias pola mega mendung pada gaun-gaun miliknya. Lilin yang dijual di toko itu diambil dari sarang lebah pohon ara rimba, menggelegak dalam ketel kuningan berbentuk labu.

Liana mencelupkan canting berulang kali hingga terkumpul lilin yang cukup. Lilinnya berasap wangi di mulut canting yang sedikit penyok.

"Kamu sungguh terampil," kata pemilik toko peralatan kriya. Namanya Kael, dan Liana merasa matanya hangat oleh sinar mentari.

"Kamu pasti seorang yang jago membatik."

"Oh tidak," jawab Liana, menggantungkan cantingnya membiarkan lilin dingin dan membeku.

"Belum pernah."

"Wow. Kalau begitu kita harus merayakannya."

Kael memberi isyarat agar pembantunya mengambil alih menjaga toko. Ia mengeluarkan payung untuk menaungi Liana, namun Liana menyukai nuansa hujan pagi yang hangat di wajahnya. Saat mereka berjalan, ia mencuri lirik ke sosok Kael yang jangkung nyaris setinggi pintu toko. Kael menangkap lirikannya sehingga Liana menjadi malu dan membuang muka, namun tak lama melirik kembali dengan rasa ingin tahu yang tak tuntas.

Belum pernah Liana bertemu seseorang yang membuatnya ingin terus bercerita. Biasanya, Liana berkelebat bagai bayangan daun berhembus ditiup angin dari satu aset ke aset berikutnya sampai semuanya habis dilihat dan dipelajarinya dalam waktu singkat yang dia habiskan di tanah padat.

Kael mengajaknya ke kedai yang menjual kue buah buni. Kue yang masih hangat mengepul, aromanya mengusik penghuni rongga perut dan memancing kucuran liur yang banjir akibat taburan bubuk ceremai asam. Liana menelannya, rasanya jauh lebih enak daripada makanan ringan yang disantapnya di awan.

Seharian itu, bersama Kael, Liana menjadi tahu di mana harus membeli roti terbaik, taman bunga terindah, dan kebun tempat rusa bermain bersenda gurau. Semua orang yang mereka jumpai begitu ramah menyapanya saat Kael memperkenalkannya pada mereka.

Setelah makan siang berupa sup sumsum sapi, Kael mencium pipinya dengan lembut.

"Aku senang kita berjumpa. Bolehkah aku menemui besok? "

Ekspresi Liana berubah kusut.

"Tidak bisa."

"Kenapa tidak?"

Alis Kael naik berkerut.

"Bukankan hari ini kita bersenang-senang?"

"Betul."

Liana melirik awan yang tertambat di puncak gunung. "Tapi aku akan segera berpindah tempat, dan aku ragu apakah mungkin akan bisa kembali. Itu di luar kemampuanku. "

"Kalau begitu," kata Kael, sambil meluruskan topi fedoranya, "mari kita nikmati waktu yang tersisa."

Dia mengajak Liana ke plasa di alun-alun kota, tempat mereka menari dan berdansa bagai para pencari jalan sunyi dalam tarian heboh meriah.

Hujan menipis. Saat sinar matahari menembus awan, Liana tersentak.

"Aku harus pergi."

"Canting dan lilinmu masih tertinggal di toko," protes Kael.

"Kain yang kamu oles pasti kering sudah."

Namun Liana tak bisa. Ia melesat meninggalkan Kael, bagai terbang melayang di atas jalan setapak yang menuntunnya kembali ke hutan tapal batas. Hujan masih turun, meski sedikit dan semakin jarang jaraknya. Liana melompati butir-butir hujan, terus bergegas naik sampai ke istananya di langit.

Malam itu, dia tertidur di ranjangnya yang besar dan memimpikan Sokaraja.

Keesokan paginya, dia terbangun di pondok kecil satu bilik. Ia menghela napas. Sendirian lagi sampai terjadi hujan badai berikutnya. Tak lama lagi musim kemarau, yang berarti makin sedikit badai yang datang.

Hari-hari berlalu begitu saja, dan Liana mulai menyadari betapa sepinya hidup di awan. Bahkan menjelajahi kamar-kamar yang terus berubah bersama permutasi awan menjadi membosankan.

"Halo, Nak!"

Liana menoleh ke jendela untuk melihat sang burung rajawali melayang dan mendarat di beranda.

"Maukah kamu menemaniku minum teh?" tanya Liana.

Burung rajawali memiringkan kepalanya.

"Apakah Anda punya camilan berupa sate kelinci atau dendeng ular?"

Liana menggelengkan kepalanya.

"Tidak, maaf."

"Bagaimana dengan Perayaan Festival Seni Rakyat Sokaraja? Anda menikmatinya?"

Angin tiba-tiba bertiup kencang membuat pondok bergeser, mengusik sang rajawali hingga harus bergeser sedikit.

"Ya," jawab Liana.

"Aku berharap bisa berkunjung ke sana lagi, tapi awanku belum pernah berhenti di tempat yang sama dua kali."

"Saya bisa menerbangkan Anda ke sana," rajawali menawarkan bantuan.

"Sayap saya kokoh, dan saya tahu jalan terdekat."

Liana ragu dan gembira sekaligus.

Turun ke Sokaraja adalah perjalanan satu arah, ia takkan bisa kembali lagi ke awannya. *Namun apakah awan miliknya itu mampu membayar hari-harinya yang sunyi sepi sendiri?*

"Akan turun hujan lagi."

Liana menatap rajawali dengan heran. "Apa?"

"Awan lain akan selalu datang," jelas sang rajawali

"Itu pasti."

Mendadak Liana tahu apa yang harus dilakukan.

"Baiklah. Bawa aku ke Sokaraja. "

Burung rajawali itu membungkukkan badannya sehingga Liana bisa naik ke punggungnya. Kemudian ia terbang dengan cepat, namun tak lebih cepat dari hujan yang meluncur turun. Liana berpegang erat, tapi tidak pernah sekali pun menutup matanya.

Setelah mengucapkan terima kasih kepada rajawali, Liana berjalan menyusuri jalan setapak meninggalkan hutan tapal batas ke Sokaraja. Semakin jauh dia berjalan, jejaknya semakin nyata tertanam di tanah.

Ia menemukan Kael di teras memegang kain miliknya. Kegembiraan di wajah Kael saat melihatnya membuat jantung Liana berdetak kencang.

Saat Kael meraih tangannya, Liana mendongak menatap langit. Istana awan miliknya telah melayang jauh, menjadi titik di batas cakrawala, namun sejumlah awan lain berkumpul di atas gunung.

Di antara awan itu, seekor burung rajawali memekik nyaring, berputar-putar mengintai seekor kelinci yang tersesat di taman rusa.[]

Tujuh Alasan Mengapa Tidak Boleh Memelihara Gajah Afrika

1. *Gajah Asia saja tidak boleh tinggal di dalam rumah, apalagi gajah Afrika.*

   Siapa yang akan membersihkan kotorannya? Seratus lima puluh kilogram tahi setiap hari! Ujang sudah cukup sibuk mengurus kuda sembrani. Jangankan untuk menangani seekor gajah lagi, bayi kura-kura terbang saja dia sudah tak sanggup.

2. *Gajah suka bermain lumpur dan menyemprotkan air dengan belalainya.*

   Bisa kamu bayangkan dua puluh kamar tidur puri kita belepotan lumpur becek kecokelatan dan seluruh tirai sutera Tiongkok basah bau lembap yang bikin asma Sri Baginda Ratu, Mamamu, kumat? Ingat bagaimana proyek ilmiahmu bulan lalu tentang gunung berapi? Wakijan baru selesai menutup lubang di lantai ruang dansa yang bolong tembus hingga ruang tahanan bawah tanah. Sampai sekarang tuyul yang melarikan diri belum tertangkap juga.

3. *Gajah suaranya berisik.*

   Ingat waktu kita menangkap kuntilanak dan berapa malam kita tidak bisa tidur karena suara cekikikannya? Gajah yang kelaparan punya terompet yang lebih nyaring daripada Alphorn. Apa itu Alphorn? Dulu kamu merengek minta dibelikan terompet 2,5 meter dari Bern, dan kamu sendiri yang membiarkannya diinjak T-Rex. Tidak, terima kasih.

4. *Fafnir akan tersinggung.*

Dia telah menjadi naga penjaga keluarga kita selama ratusan tahun. Memelihara makhluk nonlegenda akan perasaannya terluka. Kamu sudah baca buku daftar keluhannya yang sudah mencapai jilid dua puluh satu, bukan? Kita sungguh beruntung punya naga penjaga. Sesekali ajaklah dia bicara dan bermain, daripada menghabiskan waktu dengan hewan nonmagis.

5. *Gajah berkutu.*

6. *Menurut Nat Geo, gajah Afrika mengonsumsi 136 kilogram tanaman per hari.*

Dalam waktu kurang sebulan, taman larangan kita akan gundul olehnya. Belum lagi kalau sampai dia merambah ke hutan sihir di belakang puri. Kalau para raksasa dari hutan sihir terusik dan menyerang kita, bahkan Fafnir pun takkan bisa melindungi kita.

7. *Terakhir dan paling penting, tentang tanggung jawab.*

Pandanglah ke luar jendela. Lihat tangki akuarium itu. Ingat apa yang aku dan Mamamu katakan sebelum kita membuatnya? Adalah tanggung jawabmu untuk memberi makan putri duyung. Kapan terakhir kali kamu melihat tangki itu? Ariel telah mengambang kaku dengan ekor bengkok selama lima hari dan kamu tidak menyadarinya sama sekali.

Jika kamu tidak bisa merawat hewan peliharaanmu, maka kamu tidak dapat mendapatkan yang baru.

Keputusanku sebagai Yang Mulia Raja di Raja sekaligus papamu bersifat mutlak, tidak bisa diganggu gugat lagi.[]

Upah Minimum Buruh Sihir

"Siapa yang memberi garansi bahwa jubah ini anti api?"

Terbungkuk-bungkuk sambil batuk-batuk di belakang batu cadas yang meleleh, Jon menepiskan api yang memakan jubahnya sehingga sebagian tubuhnya terpapar, tampak menggelikan.

"Aku tidak percaya bahwa ada orang yang bertahan hidup cukup lama untuk mendapatkan upah minimum, apalagi magang!"

Daenerys menatapnya tajam. Matanya berkilat memantulkan nyala api yang membara.

"Kamu bukan orang pertama yang menjadi umpan agar Drogon menyemburkan api!" desisnya.

"Siapa yang mengira bahwa permainan ini adalah satu-satunya cara untuk mendapatkan ludah naga api."

Asap mengepul dari hidung naga tua itu.

"Merlin bilang ini untuk sebagai pengalaman. Tapi aku rasa rasa dia cuma tak mau membayar satria yang upahnya lebih mahal dari kita. Tapi kok bajumu tidak terbakar? Dan aku tak mau memanjat ke dalam sarang lagi jika sisik yang kita kumpulkan hangus semua."

Tawa cekikikan mendesis dari bibir Daenerys.

"Jubahku terbuah dari timah anti radiasi, cukup untuk menahan panas."

Dia melambaikan pedang yang dibelinya di pasar gelap mengancam si naga tua, lalu meringis.

"Pahaku rasanya kaku, mungkin akibat ada bagian jubah yang berlubang."

"Hei, kamu mau mencoba mantra penyembuh otot?"

Jon mengintip ke dalam botol-botol di tangannya, berharap liur naga yang berasap di dalamnya tak habis menguap percuma.

"Kalau saja kita bisa menjual satu dari botol ini. Mungkin kita bisa melakukannya. Aku tak percaya Merlin membutuh tiga botol setiap minggu."

"Jika dia menangani mantranya seperti dia menangani arak ... Demi para dewa, kamu harus lihat nasib pelayan kedai minum minggu lalu," gumam Daenerys.

Naga tua terbatuk-batuk melontarkan api saat mereka bicara, menyebarkannya hawa panas ke udara di mulut gua.

"Bagaimana kalau kita katakan pada Merlin bahwa Drogon sedang tidak berada dalam guanya?"

"Aku rasa Merlin takkan percaya. Apalagi dengan jubah anti apimu yang masih bau gosong begitu. Dan yang ada di dalam gua itu siapa, memangnya?"

"Kurasa Merlin akan percaya. Bagaimanapun, dia punya tiga kitab mantra yang harus disalin dan sejumlah ramuan yang harus—"

"Atau menurutmu kita cukup berburu lintah, menutup lukamu dengan lumpur rawa terlarang meskipun Merlin jelas-jelas memerintahkan kita harus melakukan daftarnya secara berurutan?"

"Betul juga. Dan setelah kita selesai dengan tugas ini, mendapatkan upah kita. Maka kita bisa melamar pekerjaan di Dukun Patah Tulang."

"Kudengar mereka membayar cukup banyak untuk kelinci percobaan."[]

Tidak Terkenal

Putri Kim bosan dengan hidupnya. Bukan hanya bosan, tapi juga benci.

Bukan karena ia punya ibu tiri yang jahat. Ibunya sangat baik dan menyayanginya. Bukan juga karena ia dipaksa untuk menikah dengan pangeran brengsek dari negara tetangga. Ayahnya menikah karena cinta dan berharap putrinya juga melakukan hal yang sama.

Kim tahu dia adalah seorang putri yang beruntung. Dia memiliki pakaian *haute couture* mahakarya desainer terkenal, selalu makan di bistro dan restoran paling mewah, kamar tidur yang nyaman sehingga cuaca di dalamnya bisa diatur menurut musim yang diinginkannya, juga asisten-asisten para pakar yang membantu kegiatan hariannya. Semuanya sempurna, *kecuali satu hal*.

Poster wajahnya tersebar di mana-mana.

Semua orang *merasa* mengenalnya, dan lebih parah lagi, mereka merasa lebih mengenalnya daripada ia mengenal dirinya sendiri.

Sang putri tahu mereka bermaksud baik, bahkan mereka mengidolakannya. Tapi semua itu memuat bulu kuduknya merinding. Semua orang bertindak seakan mereka memiliki hubungan pribadi dengannya meski sekali pun belum pernah bertatap muka.

Dia sangat benci ketika orang-orang selalu berkomentar tentang pakaiannya, rambutnya, tingkah lakunya. Dia bisa merasakan tatapan mereka yang mengawasi setiap gerak-geriknya, memperhatikan dan mengevaluasi dirinya. Begitu banyak harapan yang mereka tumpahkan. Begitu banyak orang yang mungkin dikecewakan. Jiwa raganya terasa amat lelah.

Semakin hari ia semakin tertekan, membuatnya menghabiskan waktu bersendiri melamun di pinggir kolam istana.

Ketika ia berpikir bahwa semuanya akan berakhir jika ia melompat ke dasar sendang, seorang penyihir mendadak muncul di hadapannya.

Penyihir itu menatap lurus-lurus mata sang putri dan berkata, "Sayangku, aku dapat mengabulkan keinginanmu."

"Kamu berbicara denganku?" tanya Kim.

"Tentu saja. Siapa lagi?"

Kim melihat ke sekeliling. Tidak ada orang lain yang cukup dekat untuk mendengar percakapan mereka. Kolam istana disegel selama keberadaannya di situ.

Dia mendekati penyihir itu dan berbisik, "Apa yang kamu ketahui tentang keinginanku?"

"Ah, sayangku, Jelas sekali apa yang kamu mau sejelas tahi lalat yang cantik di wajahmu itu."

Kim meringis. Tahi lalat di dagunya adalah bagian tubuhnya yang paling dibencinya. Noda kecil di wajahnya itu telah menjadi bahan *infotainment* dan gosip yang tak habis-habisnya.

"Sungguh?" ia tidak yakin. "Sebenarnya apa yang aku inginkan?"

"Untuk menjadi tak terkenal. Untuk dapat berjalan di antara orang-orang tanpa diketahui. Untuk tidak lagi menjadi pusat perhatian."

Mulut Kim menganga lebar. Bagaimana mungkin perempuan tua ini tahu apa yanga da dalam pikirannya? Buru-buru Kim sadar bahwa pertanyaan yang lebih penting adalah, "Benarkan kamu dapat membantuku?"

"Tentu saja. Aku datang menemuimu karena aku yakin dapat menolongmu."

"Apa yang harus aku lakukan?"

"Kamu harus memakai jubah hitam bertudung. Pada malam bulan mati, tinggalkan istana dan pergi ke hutan di utara. Terus berjalan hingga sebuah padang rumput yang luas dekat sungai yang melebar menjadi danau. Matikan obormu, kemudian merunduk di atas air, seolah-olah ingin melihat bayanganmu. Tentu saja, tidak akan ada bayangan karena malam terlalu gelap tanpa bulan sama sekali."

"Tentu saja."

"Kemudian kamu harus memanggil Dewi Sosialita."

"Siapa?"

"Dewi Sosialita."

Kim mengangkat bahu, membuat kecewa sang penyihir. Wajah perempuan tua itu bagai dijepit dengan catok listrik pelurus rambut.

"Suzanna, kau tahu? Dewi Sosialita?"

Wajah Kim tetap tanpa ekspresi.

"Tayangan gosip sekarang betul-betul tak bermutu!" Penyihir itu mendengus kesal sambil menghentakkan kakinya. "Tapi aku akan mengurus hal itu nanti."

Setelah kemarahannya reda, penyihir itu kembali ke pokok bahasan.

"Di tepi danau pinggir padang luas di tengah hutan utara, kamu harus memanggil Suzanna, Dewi Sosialita, dan memintanya untuk mengambil kembali anugerah yang telah diberikannya padamu. Ia akan kesal denganmu. Tidak ada dewi yang suka menarik kembali pemberiannya. Jadi, kamu harus bilang padanya bahwa kamu tidak layak menerimanya, bahwa kamu tidak dapat memberikan kepuasan kepada orang-orang yang memuja dirimu yang cantik, modis dan menawan. Kamu harus memintanya untuk melimpahkan karunia itu pada seseorang yang lebih cocok, lebih layak, dan mintalah agar kamu dijadikan gadis petani biasa yang memang seharusnya kamu alami."

"Kamu yakin akan berhasil?" Kim terlalu takut untuk berharap.

"Tentu saja, sayangku. Sosialita adalah salah satu yang paling kuat di antara para dewa. Sosialita bisa melakukan apa saja."

"Terima kasih. Aku akan melakukan apa yang kamu sarankan."

***

Menunggu tibanya malam tak berbulan adalah siksaan bagi Kim. Namun akhirnya saatnya tiba. Dengan mengenakan jubah ia pergi ke hutan seperti yang diperintahkan. Ia berdoa dan menyebut nama Suzanna yang kuat dan perkasa, Dewi Sosialita, dan memohon agar dibebaskan dari karunia yang telah dibebankan padanya.

Tidak terjadi apa-apa.

Merasa gagal, Kim pulang kembali ke istana.

Penjaga gerbang Istana terkejut dan berkata:

"Yang Mulia Putri Kim, apa yang Anda lakukan di tengah malam begini? Anda harus segera masuk sebelum orang lain melihat Anda. Orang-orang tidak akan pernah berhenti bergosip jika melihat Anda keluar malam seperti ini."

Kim menangis, sehingga penjaga buru-buru mengantarnya kembali ke kamarnya. Kim terus menangis hingga tertidur kelelahan.

Ketika ia terbangun di pagi hari, hal pertama yang ia rasakan adalah bau busuk menguar di udara.

"Apa yang ter—?" Kalimatnya tak selesai karena ia terjatuh dari tempat tidurnya yang sempit.

Kasurnya begitu tipis tanpa sprei sutra. Bantal dan kasur bukan lagi berisi bulu angsa. Hanya dipan kecil, bilik kecil dan dinding kayu yang sudah lapuk.

Kim melangkah ke luar, menyusuri jalan sempit. Di kejauhan menara istana tampak begitu kurus dan kecil, dan tidak ada orang yang memandangnya. Tidak ada yang mengomentari pakaian atau memuji rambutnya. Tidak ada yang bergosip tentang siapa dia, atau bertanya-tanya dengan siapa dia akan menikah.

Poster-poster Putri Raja yang bertebaran di tembok-tembok sepanjang jalan bukan lagi bergambarkan wajahnya, tapi versi seorang gadis cantik yang mirip dengan sang penyihir di kolam istana saat masih remaja.

Kim tertawa.

"Makan *tuh*, sosialita."

Ia berjalan melintas kota dengan membawa ketidakterkenalan yang membahagiakannya.[]

Kisah Sedih Puti Nan Aluih

Tidak selalu dongeng harus bermula dengan *'menurut sahibul hikayat'* atau *'pada zaman dahulu kala'*.

Pembukaan yang berulang-ulang seperti itu hanya akan membuat kisahnya menjadi kehilangan arti, karena lebih mudah mengingat kata-kata yang diucapkan sekali namun penuh makna. Pada akhirnya nanti juga semua harus dilupakan, terkunci di masa lalu dalam makam di tengah kawah Singgalang tidak untuk ditemukan atau dikeramatkan.

Kisah bagaimana Puti Nan Aluih jatuh cinta dengan pangeran asing bertopeng adalah jenis salah satu dongeng seperti itu.

Dia pergi ke pasar tradisional di atas bukit dengan membawa barang dagangannya. Di pasar itu hidupnya dicurahkan, dan di pasar itu pula dia berkeliaran dan akhirnya hilang.

Dia berdiri di bawah pohon ketapang rindang yang dikelilingi oleh semak perdu berbentuk hewan yang telah punah berjuta-juta tahun lampau, berasal dari dunia lain. Dagangannya pisang kepok dipipihkan selebar telapak tangan, dibalur tepung dari pohon sagu tua pilihan, kemudian digoreng dengan minyak kelapa sawit olahan tangan.

Dia tidak mendengar kedatangan si orang asing yang tiba-tiba muncul tepat di muka wajan yang beruap minyak, menghalangi sinar matahari tinggi sepenggalah, membungkus bayangan di gelembung *cirik* tepung dalam kuali. Namun demi kesopanan, Puti Nan Aluih mengundangnya duduk di bangku panjang, menawarkan teh telur adukan rahasia, resep turun temurun dalam keluarga.

Menempatkan cangkir di bibirnya, sang pangeran asing menyesap menyerap setiap teguk. Tegukan pertama seharum melati, yang kedua semanis kundur, yang ketiga seindah kembang sepatu. Setiap tegukan mengantarkannya semakin dekat pada butir-butir cinta, benih-benih rindu dan spora dendam bara. Namun semua itu tak tergambar di wajahnya, hanya ada kelabu hampa. Hanya satu makna: wajahnya berupa topeng.

Hari itu menjadi awal yang aneh bagi pasar tradisional tempat Puti nan Aluih berdagang. Tidak seharusnya dia menggiling segantang lada untuk rendang makan malam. Dia adalah putri bangsawan yang tidak seharusnya bekerja keras. Namun ayahnya Sutan Bagindo tak ingin memanjakan si anak semata wayang. Ia menginginkan putrinya tumbuh memiliki disiplin diri yang tinggi, seperti gadis lain di desa.

Pada hari itu, alun-alun pasar ramai dengan berbagai kegiatan. Para pedagang dari utara datang untuk membeli lauk dan sayur bertukar kain dan rempah-rempah. Di gelanggang pacuan, serampang pergaulan ditarikan beberapa perempuan menghibur orang-orang tua muda. Tak ada gadis yang akan pulang tanpa kekasih, tak ada tawa yang tak bebas lepas, tak ada pantun yang tak berbalas bait.

Puti Nan Aluih pergi keluar menjauh dari pasar, meninggalkan sanak saudara dan handai tolan, menyusul sang pangeran asing bertopeng. Dia telah meninggalkan sumpah untuk ayah bundanya untuk pergi mengikuti pangeran asing bertopeng sebagai istri, dan jika tidak, hanya kematian yang lara akan menemuinya di sisi negeri. Orang tuanya menangis siang malam tak henti-henti, tapi tak punya kuasa, hanya tinggal doa sebagai senjata.

Dia melangkah menuju Negeri Panji Tengkorak, di mana semua penduduknya tak berdarah tak berdaging, hanya tulang kerangka yang bila beradu berbunyi nyaring.

Dia tinggal dalam kesendirian memeluk kerangka pangeran asing yang wajahnya tersembunyi di balik topeng selama seratus tahun lebih sehari, dan selalu mengingatkan perempuan penasaran bodoh yang nekat mengejar romansa palsu hanya karena rasa penasaran ingin tahu.

Puti Nan Aluih pelindung remaja dari jerat racun asmara, suatu hari pergi ke pasar untuk tak pernah kembali.[]

Hilang

Pada hari ulang tahunnya yang ketujuh, Gita menghilang.

Dia mohon diri dari pestanya dengan sopan, lalu naik ke kamarnya dan tidak kembali lagi. Untuk beberapa saat, tidak ada yang menyadari ketidakhadirannya di tengah hiruk pikuk badut Pennywise, bingkisan untuk pemenang kuis yang dibawakan MC, dan riuhnya bocah-bocah berlarian kian kemari.

Kue *black forest* favorit Gita dirubung lalat. Kado-kadonya belum dibuka, masih terikat pita dengan cantiknya, dan kursinya di meja kue tak ada yang menduduki.

Mamanya yang pertama kali sadar Gita menghilang saat menyanyikan lagu "Panjang Umur", meski baru tersadar saat menjelang lagu berakhir. Saat dia bertanya kepada suaminya di mana putri mereka, pria itu mengangkat pundaknya dan mengalihkan perhatiannya kepada tusuk-tusuk sate di atas pemanggang. Dia tak ingin sate itu terlalu gosong karena gosongnya sate dapat menjadi penyebab kanker.

Saat mamanya bertanya pada kakaknya ke mana Gita pergi, kakaknya menjawab sambil bercanda bahwa pasti dia diculik oleh alien. Senyum menyeringai kakaknya menjadi kerutan serius saat orang lain mulai bertanya tentang Gita. Bahkan badut Pennywise hilang semangat untuk melucu, padahal dia dibayar untuk itu.

Para tamu pesta mencari di taman halaman, di semak-semak, di gudang belakang, bakan di rumah tetangga yang berjarak lima rumah.

Mama Gita menjelajahi rumah dari ruang bawah hingga loteng. Di kamar Gita, dia menemukan sepatu baru Gita, yang terasa sungguh ganjil. Gita tak pernah berjalan jauh dengan kaki telanjang.

Bersimbah air mata, mama Gita mengatakan bahwa putrinya pasti telah diculik, dan menaruh curiga pada pria aneh di seberang jalan yang hidup sendiri. Semua tamu sepakat bahwa pria itu pasti seorang pedofil, terutama karena dia pemalu dan lain sebagainya. Sebelum polisi datang menyelidiki, papa Gita telah menyerbu ke sana, menerobos masuk ke rumah pria itu dan merontokkan empat buah giginya.

Bahkan setelah polisi menggeledah rumah tersebut dan tidak menemukan apa-apa, dia tidak pernah meminta maaf karena telah mengubah wajah pria malang itu menjadi lukisan abstrak.

Selama delapan bulan kemudian, kedua orang tua Gita tetap berharap putri mereka akan ditemukan. Mereka menempelkan poster di tembok dan tiang listrik, bersaing dengan badut sulap dan sedot wc. Menawari uang hadiah seratus juta dan tampil di acara *talk show* untuk meminta penculik Gita mengembalikan buah hati mereka. Dan ketika semua itu gagal, mereka melanjutkan hidup mereka, seolah-olah mereka tidak pernah memiliki seorang putri.

Pada hari ulang tahunnya yang kedelapan, Gita kembali.

Gita menuruni tangga saat sarapan pagi, mengenakan kaus bergambar Doraemon yang sama yang dikenakannya setahun lalu. Tidak ada yang berbeda, harum baju baru masih tercium jelas. Tak berkerut atau bernoda.

Gita tampak tidak berubah, meski sedikit lebih dewasa dan sedikit lebih tinggi. Dia tersenyum saat melihat mamanya meletakkan sisa sup jamur ke dalam kulkas.

"Apakah masih ada sisa omelet? Gita lapar."

Mama Gita menjatuhkan mangkuk sup ke lantai, namun mangkuk itu tidak pecah. Isinya tidak pula tumpah, hanya berputar dengan suara nyaring, sebelum berhenti diam sempurna.

Hilang

Suara teriakan, jerit tangisan dan puji doa syukur menyusul banjir peluk cium diterima Gita tak henti-henti. Papa dan mamanya mencolek-colek pipinya seakan Gita tak nyata, mencium dan menanyainya sambil bersimbah air mata.

"Apa yang terjadi? Siapa yang membawamu? Apakah kamu terluka? Apakah mereka menyakitimu? "

Gita menggelengkan kepalanya untuk setiap pertanyaan. Ketika akhirnya rentetan pertanyaan itu berhenti, dia berkata, "Gita baru saja menghilang. Hanya sihir biasa. Itu yang Gita pinta sebagai hadiah ulang tahun."

Mereka mencoba menjelaskan padanya bahwa tidak ada yang bisa menghilang begitu saja, bahkan pada hari ulang tahun. *Terutama pada hari ulang tahun.*

Sihir hanya cerita, mitos, fiksi. Ilusi konyol para pesulap dan badut di televisi. Bahkan kakaknya yang percaya pada alien, menganggap sihir sebagai hal yang tidak masuk akal.

"Bahkan jika kamu bisa menggunakan sihir untuk menghilang, mengapa kamu tega menghilang pergi meninggalkan kami?" tanya mamanya.

Gita mengangkat bahu.

"Tidak ada yang mendengarkan Gita di rumah ini."

Sesungguhnya dia berharap banyak hal berubah setelah mereka mendapat pelajaran darinya. Mungkin pelajaran yang diberikannya terlalu keras dan kejam, namun seharusnya mereka belajar dari pengalaman tersebut.

Sebaliknya, papa dan mamanya membuatnya berbicara dengan polisi, yang juga gagal memahami kemampuan sihirnya. Mereka mengirimnya ke psikiater yang menganggap mentalnya tidak stabil, mendiagnosa Gita sebagai penderita skizofrenia. Papa dan mamanya menatap putri mereka dan kemudian pulang ke rumah, siap untuk melanjutkan hidup mereka.

Gita tinggal selama setahun di Rumah Sakit Jiwa, dan ketika mencapai umur sembilan tahun, dia memberi tahu petugas bahwa dia ingin pulang ke rumah. Dia merangkak di bawah kolong ranjang, memejamkan mata lalu menghilang.

Papa dan mamanya terkejut ketika Gita turun dari kamarnya pada hari itu. Mereka bertanya kepadanya bagaimana dia bisa lolos dari rumah sakit. Dia mengangkat bahu dan berkata, "Sihir. Gita berharap untuk berada di sini saat ulang tahun."

Mamanya menggelengkan kepala.

"Masih percaya dengan sihir, Gita? Sihir itu tidak nyata. Semuanya hanya ada di dalam kepalamu, nak," kata mamanya.

Gita tersenyum sedih.

"Maaf, kalau Mama berpikir begitu. Selamat tinggal."

Ketika Gita menghilang untuk ketiga kalinya, dia memutuskan untuk tidak kembali lagi pada hari ulang tahunnya tahun depan.[]

Keramik Porselen yang Rapuh

Lelaki itu menemukannya dalam keadaan hancur berkeping-keping menjadi sembilan belas ribu pecahan bersisi tajam. Ia mengumpulkan potongan-potongan itu dan membawanya pulang.

Di atas meja makan, sembilan belas ribu pecahan berisi tajam itu diserakkannya dengan hati-hati. Ia menemukan mata di sini, ujung jari manis di sana, juga seulas senyum utuh. Tampak kerusakannya begitu parah, mustahil untuk diperbaiki.

Sebagai seniman tembikar, dia bekerja di galerinya pada siang hari, menciptakan patung-patung rapuh dari tanah liat yang berwarna-warni. Bahkan di masa resesi seperti ini, orang-orang masih mengagumi keindahan seni.

Setiap malam, ia pulang ke rumah dan membungkuk di atas meja, memilah-milah pecahan-pecahan itu. Waktu berlalu sekian bulan, dan ia siap memulai proses yang melelahkan untuk menyatukan potongan-potongan itu kembali.

Setetes perekat, sisi-sisi teka-teki bersesuaian melekat, kemudian dilap dengan kulit yang lembut. Berulang-ulang. Punggungnya nyeri. Setiap siang ia minum kopi lebih banyak dari biasanya, namun ia tak peduli.

Ada bagian yang hilang, yaitu hati. Maka ia membuatnya dari tanah liat terbaik yang ia punya, memberinya warna merah kesumba, meniupkan harapan dan membakarnya dengan api cinta. Saatnya menyatukan potongan terakhir ke tempatnya. Ia memasukkan hati itu dengan tangan goyah. Setelah selesai, dia mundur selangkah. Seluruh badannya lunglai.

Sempurna.

Pipi pauh dilayang, hidung dasun tunggal, rambut mayang terurai, alis semut beriring, bibir delima rekah. Kakinya langsing putih pucat disinari cahaya rembulan. Dan aroma tubuhnya, campuran setaman dan pandan wangi nan memabukkan. Garis-garis samar masih tergambar di kulitnya.

Ia menempelkan bibirnya pada bibir keramik yang dingin, mengembuskan separuh jiwanya. Ciptaannya duduk tegak, berkedip tersilaukan cahaya lampu benderang. Lapisan samar melintas di kulitnya. Lelaki itu meraih tangan mulus itu dan mencium jemarinya.

Ia berjalan mengelilingi ruangan. Langkahnya kecil dan hati-hati, sambil ujung jarinya menyusuri perabotan dan benda-benda. Ia menyentuh sudut rak buku dan berteriak kesakitan. Lengannya terangkat memperlihatkan sebuah lubang di telapak tangan.

Lelaki itu bergegas menghampirinya dan memperbaiki luka itu.

"Lebih baik?"

Dia mengangguk.

"Terima kasih," ucapnya dengan suara bak buluh perindu penyair musafir sesat tak temu jalan kembali.

Lelaki itu melapisi perabotannya dengan kapas dan busa serta membentangkan karpet tebal di seluruh muka lantai. Ia juga membelikan gaun sutra dan karangan bunga. mendandaninya dengan sutra yang melebar dan membawa karangan bunga dan cangkir teh hangatnya. Setiap hari, garis-garis jejak tempelan memudar dan menghilang satu demi satu tak berbekas.

Saat lelaki itu pergi ke galerinya untuk bekerja, ia suka berdiri mematung di jendela melihat pemandangan di luar. Saat lelaki itu kembali ke rumah, ia akan bertanya,

"Kapankah saya boleh pergi ke luar?"

"Belum, sayangku," bisik lelaki itu lembut.

"Kamu belumlah cukup kuat. Dunia ini penuh dengan sudut dan siku tajam bergerigi. Aku khawatir dalam sebelas langkah seluruh tubuhmu luruh tercerai-berai."

Namun di dasar jurang palung hatinya, lelaki itu berharap ia tidak akan cukup kuat. Di sini, di rumahnya, ia bisa melindunginya. Di sini, di dalam rumahnya, hanya ia satu-satu yang dimiliknya.

Ketika lelaki itu pergi bekerja, ia mengunci semua pintu keluar. Demi keselamatannya, tentu saja. Malam hari ia akan memeluknya dengan lembut. Lem itu melekat kuat, namun gairah yang membara akan mampu melelehkannya.

Hari-hari berlalu, dan senyum bak delima merekah itu mulai mengatup pudar. Suatu malam lelaki itu tergugah dari tidurnya untuk menemukan sisi ranjangnya kosong. Ia berdiri di dekat jendela, menangis terisak-isak menumpahkan air mata harum ke telapak tangannya.

"Apa yang salah?"

"Beberapa hari saya merasa sesak napas," katanya tanpa berbalik.

"Dan saya bermimpi jatuh dari jendela, penuh memar dan goresan luka."

Lelaki itu tercekat, menelan ludah dan tertawa kecil terpaksa.

"Tapi kamu aman di sini, tidak ada yang akan terjadi."

"Saya bermimpi terluka, dan merekatkan luka saya sendiri."

"Kamu kedinginan, kembalilah tidur."

Lelaki itu mencium keningnya.

"Aku mencintaimu."

Ia menempelkan telapak tangannya yang dingin ke pipi lelaki itu sambil tersenyum samar.

"Aku tahu," ucapnya.

Dia berpura-pura tak tahu bahwa senyum itu tak lagi sama dengan yang selama ini diterimanya. Dia pura-pura tidak tahu bahwa seluruh garis samar telah hilang.

Pada suatu senja yang basah di bulan Juni, saat matahari hendak terbenam di balik gunung, lelaki itu menyelesaikan proyek terbarunya, sangkar burung dari inti pelangi yang indah dengan sebuah pintu berengsel kecil. Tak diragukan lagi merupakan salah satu kreasi terbaiknya, yang membuat hatinya berduka. Dia meraba sakunya dan menyentuh serenteng kunci rumah. Alisnya berkerut. *Apakah tadi pagi ia sudah mengunci semua pintu sebelum dia pergi?*

Lelaki itu berlari kencang masuk ke dalam rumah. Jendela terbuka, tirai jendela melambai ditiup angin malam, tapi tak ada tanda-tanda kasihnya. Dia menyeberangi lantai ruangan dengan jantung berdebar kencang di dada.

Kekasihnya tak ada di luar jendela. Dia tak berada di kamar tidur atau kamar mandi. Dia memeriksa lemari, berharap ini hanyalah sebuah permainan. Tapi di meja dapur dia menemukan secarik kertas dengan tulisan tangan yang halus.

Saya minta maaf untuk pergi tanpa mengucapkan selamat tinggal, tapi saya tahu Anda akan mencoba menghentikan saya, dan saya takut saya akan mematuhinya. Anda telah menyatukan kembali saya yang pecah berkeping-keping, dan untuk itu selamanya saya akan berterima kasih. Namun Anda tidak bisa membuat saya utuh. Hanya saya sendiri yang mampu melakukannya, dan semakin lama saya tinggal bersama Anda, semakin sedikit saya yang tersisa. Tolong bebaskan saya dengan penuh cinta sebagaimana saya kepada Anda.

Lelaki itu menggenggam remuk kertas itu ke dadanya. Tangisnya meledak dan ia berlari keluar rumah. Sederetan pecahan porselen tercecer di trotoar. Dia terhuyung terus berlari mengikuti ke lebih banyak lagi kepingan. Dan banyak lagi. Jejak keping-keping meninggalkan rumahnya, menjauh darinya.

Akhirnya, dia menemukan sisa pecahan di jalan taman yang lembap, lalu yang lain di balik cahaya lampu jalan. Dan dia menangkap sekilas bayangan rambut tergerai yang pucat memudar.

Sekejap saja, dan kemudian lenyap.

Napas lelaki itu meledak dari paru-parunya.

"Maafkan aku," dia berbisik pada bayang-bayang di bawah lampu jalan.

"Aku sungguh menyesal," bisiknya.

Lalu ia mulai memunguti kepingan hatinya sendiri yang terserak di jalanan.[]

Pintu di Langit

"Apa yang ada di balik pintu itu?" tanyaku pada Mar dua puluh lima tahun lalu. Mar adalah sahabatku. Usianya lebih tua setahun dariku, dan saat itu aku berumur lima tahun.

"Pintu yang mana?" Mar balik bertanya.

Aku menunjuk pintu yang berada di antara Capricorn dan Sagitarius. Warnanya hitam beludru, bersulam nebula Laguna.

"Tidak ada pintu di sana. Hanya kabut awan dan bintang," jawab Mar.

"Kau tidak melihatnya?" tanyaku heran.

Mar menggelengkan kepalanya tiga kali dan balas menatapku heran.

Lama kemudian aku menyadari bahwa hanya aku yang dapat melihat pintu itu. Pintu dengan gagang dan lubang kunci yang berkilau keemasan.

Dan lubang kunci itu menjadi motivasiku menjadi ahli kunci yang terbaik di antara para ahli kunci di seluruh dunia. Tak ada pintu yang dapat menghalangiku mengetahui rahasia apa yang ada disembunyikan di ruang yang dilindunginya. Dengan kata lain, aku pencuri nomor satu.

Aku telah mencuri beberapa artefak hasil jarahan dan mengembalikan kepada pewarisnya yang sah. Kerap juga aku mengunjungi anak-anak malang yang mengigau dalam mimpi buruknya dan meletakkan boneka kesayangan yang tadinya dirampas oleh pengganggu ke dalam pelukan mereka. Tak jarang pula aku usil, memborgol lelaki-lelaki jahat pelaku kekerasan saat sedang terlelap menyeringai bagai iblis, atau mengganti kata kunci pada gawai-gawai peselingkuh.

Namun tetap saja aku belum berhasil membuka pintu di langit yang terletak di antara Capicorn dan Sagitarius.

***

Kemarin malam hujan lebat disertai angin badai menjajah langit atas kota. Awan hitam kelabu hanya menyisakan sepetak lubang tepat pada daun pintu Nebula Laguna—begitu akhirnya aku menamakannya.

Di tengah gemuruh hujan badai dan kilat lidah petir menyambar, tiba-tiba pintu itu terbuka.

Aku terkesiap.

Bayang sosok tubuh wanita ramping muncul dari balik pintu itu. Rambutnya lurus tergerai sebahu. Ketika petir melepaskan ion ke udara bagai lampu kilat kamera, aku melihat wajahnya.

Aku tak punya kata-kata untuk melukiskan kecantikan rupanya. Tidak ada kata yang berharga untuk disandingkan dengan keindahan yang sempurna. Mungkin jika aku Leonardo da Vinci atau Basuki Abdullah, maka aku akan mematahkan jari-jariku karena frustasi, gagal memindahkan pesona itu ke atas kanvas tempatku menuang imajinasi.

Ia menatapku. Tangannya terayun melemparkan sesuatu. Sesuatu yang kemilau, melayang berputar-putar dihembalang badai dan akhirnya jatuh di ujung sepatu kananku. Sepatu karet anti licin busana para pencuri.

Aku memungutnya.

Sebuah kunci yang kulihat untuk pertama kalinya dalam hidupku.

Gigi-giginya berbaris tak rapi melingkar pada batang yang tak selalu bundar. Bahannya dari logam yang lebih keras dari berlian termurni. Tak terasa berat, bahkan nyaris tanpa bobot.

Aku tahu bahwa pencarianku telah berakhir.

***

Sebetulnya kisah ini ingin kuakhiri sampai di sini. Namun aku tak ingin mengecewakan kalian.

Tadi siang aku telah menyiapkan bekal berupa roti gandum kismis dan air mineral. Dan kini, dibawah selimut beludru bertabur bintang, aku dengan busana hitam pencuri bersiap membuka pintu nebula Laguna yang terletak di antara Capricorn dan Sagitarius.

Terbiasa mencapai puncak gedung-gedung tinggi pencakar langit, aku berhasil mengaitkan mata panah jangkar tambangku ke pucuk bulan sabit yang sedang berlabuh di Cluster Rama-Rama. Dengan katrol berganda aku berangkat naik menuju langit, dan dengan presisi hasil pengalaman menahun, meski nyaris tergelincir, aku berhasil melompat dan mendarat tepat di depan pintu berlapis kulit beludru bergagang keemasan.

Karena lapar, kukunyah secubit roti gandum kismis. Dan setelahnya kuteguk sesamudra air mineral.

Baru kemudian pintu itu kuketuk. Setiap ketukan membawa nada dan aroma yang berbeda. Ketukan pertama bernada kasih taman bunga di bantaran sungai musim semi. Ketukan kedua bagaikan cinta yang membara di guru pasir musim panas. Ketukan ketiga irama rindu hutan pinus musim gugur—

"Masuklah. Kau sudah mendapatkan kuncinya," sebuah suara segala musim dan cuaca seribu dunia menghentikan buku jariku sebelum ketukan keempat.

Aku melepas kunci pintu langit yang kugantung dengan tali pengharapan dari leherku.

Tanpa rintangan, kunci itu memasuki lubangnya bagai nasib menemukan takdir. Hanya sekali memutar dan pintu langit bernama Nebula Laguna di antara Capricorn dan Sagitarius terbuka.

"Selamat datang," ujar sebuah suara yang berasal dari dalam segala penjuru.

Aku terpana.

Maka cerita ini kuakhiri sampai di sini.[]

Bulan di Muka Pintu

Ia gadis yang praktis. Tidak terlalu cantik atau cemerlang. Sepulang kerja dari kerja malam, melangkah gontai dengan kaki yang lelah di bawah langit malam. Bulan terbenam setengah di kaki cakrawala bagai uang logam baru yang mengilat menancap di atas bukit dekat kompleks perumahan.

Ia berpikir, "Andai saja bulan menggelinding ke dalam pelukanku."

Dan kemudian hal itu terjadi. Tidak persis sama, karena bulan ternyata lebih besar dari yang terlihat.

Dengan suara gemuruh membahana, bulan berguling-guling menuruni, melontarkan cahaya dan bayingan bagai pencuri malam. Terjadi gempa bulan berkekuatan 6,3 SR. Bongkahan karang raksasa cemerlang datang dengan cepat ke arahnya, terlonjak-lonjak oleh lubang kawah meteor dan jurang terjal, menebar debu bulan, menjatuhkan lampu jalanan dan menghancurkan sisi trotoar.

Ia berlari kencang, membuka pintu depan rumahnya dan masuk ke dalam.

Gedebum!

Bulan itu kini *nyangkut* di kusen pintu rumah setelah menghantam daun pintu hingga terbang menghantam sofa panjang. Pagar rumahnya kini rata dengan jalan. Piring-piring di rak berupa kepingan-kepingan tajam di lantai keramik dapur.

Bulan, sebesar gajah hamil, hampir saja menggusur rumah kontrakannya yang berada di di ujung jalan buntu. *Sial.*

Tenang.

Ia mencoba keluar melalui pintu belakang. Barulah ia teringat bahwa kunci pintu itu telah lama hilang, sebelum ia menempati rumah tersebut. Pada jendela-jendela terpasang jeruji anti maling.

Ia mendengar lengkingan alarm mobil.

Ia mendorong bulan, tapi tak bergeser satu nanometer pun. Hanya serpihan lembut menyala di tangannya, bagai serbuk peri anak hilang. Bulan tak hendak bergerak.

***

Hari ke-5

Pemilik rumah menolak memotong jeruji jendela atau membongkar pintu belakang.

"Kecuali kamu membayar uang muka perbaikannya," teriak sang pemilik yang gendut dari halaman belakang.

"Maaf," jawabnya dari dalam dapur.

***

Hari ke-7

Sejak pindah ke rumah itu bulan lalu, ia belum sempat berkencan dengan kekasihnya. Dirabanya gelang emas pemberian pacarnya. Cantik, namun gelang bukanlah cincin tunangan. Ia bertanya-tanya dalam hati apakah pacarnya itu sebetulnya suami orang.

Bulan bersinar dari ambang pintu. Musim di luar tidak berubah. Laut tenang. Ia teringat pelajaran ilmu alam. Apakah kini *perigee* bulan sama dengan nol?

Pacarnya datang ke jendela.

"Kami akan membebaskanmu!"

"Bagaimana mungkin?" tanyanya. "Bulan masih tetap besar."

"Tergantung sudut pandang kamu," ujar kekasihnya.

"Besar kecilnya tergantung bagaimana kamu melihatnya. Apakah kamu melihat batas langit dan daratan?"

"Oh, Maafkan aku."

Bisa dimaklumi, pikirnya.

Ia sulit melihat batasan. Jika ada yang mengatakan padanya, "Kita akan selalu bersama" maka ia akan membuat rencana jangka panjang hanya untuk kemudian menyadari kalau 'selalu' itu berbatas waktu. Ia gadis yang baik. *Terlalu baik*, kata orang. Lugu.

Dirabanya gelang itu sekali lagi. Di bawah cahaya bulan, terlihat bahwa benda itu terbuat dari suasa Bangkok murahan.

***

Hari ke-13

Tetap berusaha menemukan jalan keluar, ia memegang palu dia mengetuk dinding gipsum di dapur. Satu keluarga besar tikus dengan bulu abu-abu selembut beledu berdiam di situ. Ia mencoba naik ke loteng namun menemukan sarang burung gereja, bentuknya bagai sarung tangan tertelungkup.

Di dapur, persediaan makanan tinggal setengah.

"Malam hari, semuanya gelap dan indah," seseorang memberitahunya melalui jendela.

"Kami memasang lampion di jalan-jalan dan tepi danau seperti perayaan hari libur, Kamu harus melihatnya!"

"Maaf, saya tak bisa hadir," katanya melalui jendela yang tertutup.

"Kata mereka bulan akan menyusut," kekasihnya memberitahu.

"Kami akan segera mengeluarkanmu."

"Terima kasih," katanya.

"Aku tak memikirkan itu."

Tapi bulan di depan pintunya tak juga menciut.

***

Hari ke-23

Ia memohon agar dibawakan makanan. Dengan palu, ia menghancurkan sebuah jendela dan mengulurkan tangannya melewati jeruji besi. Orang-orang berjanji akan membawakannya bekal, namun ternyata bulan mengalihkan perhatian mereka. Orang-orang itu mulai menulis puisi yang jelek, bernyanyi dan berdansa tak henti-henti.

Air danau meninggi dan bintang-bintang berkedip cemerlang. Indah sekali.

Bisa dimengerti mengapa mereka melupakanku, kata hatinya.

Perutnya yang keroncongan mengamuk memperdengarkan suara gemuruh. Ia punya persediaan air yang banyak. Sebenarnya, air bak mandi yang membanjiri ruang tamu, tempat bulan bersinar menerangi rumahnya yang berantakan dengan cahaya putih keperak-perakan. Dia mengira mendengar nyanyian putri duyung—*atau angsa*—mendesah dari ujung keran.

Telepon berdering. Bosnya memberitahu bahwa ia dipecat.

"Tapi saya terjebak di dalam rumah!" ia memohon.

"Kami membutuhkan seseorang yang lebih bisa diandalkan," jawab bosnya tanpa perasaan.

"Oh, begitu," katanya. "Maafkan saya."

***

Hari ke-29

Ia duduk menangis berlinang air mata, tak mengerti mengapa semua kesialan ini menimpa dirinya. Ia orang yang baik. Penyayang binatang dan menyukai anak-anak. Apa gunanya menjadi orang baik jika terjebak di dalam rumah sendiri tanpa makanan?

Seseorang memberitahunya bahwa permukaan danau kota semakin tinggi, membuat bendungan berderak-derak. Kekasihnya tidak pernah lagi mengunjunginya, meski ia bisa mendengar suaranya menjawab pertanyaan para wartawan televisi di luar sana.

Gadis itu duduk menatap bulan. Bulan bagaikan wanita dengan payudara besar menggantung atau perut perempuan bunting. Ia pernah bermimpi hamil dan keguguran dalam satu malam. Ia menangis tersedu-sedu memikirkan kematian sang janin dalam mimpinya...

Kematian yang beku, mendadak ia berpikir demikian.

Ia mengamati raut muka bulan: lautan kering, tanah retak, kawah dan bukit, mengerikan. Tidak ada manusia di bulan. Hanya ada tanda sejarah benturan dan kekerasan.

Dentuman di kejauhan pertanda tanggul yang membendung danau telah jebol. Suara burung-burung yang kaget memperpanjang keriuhan.

Ia mencopot gelang suasa Bangkok murahan dari lengannya dan melemparkannya ke tempat sampah. Nyanyian air dari pipa kamar mandi bagaikan orkes dangdut koplo.

***

Hari ke-31

Akhirnya ia mulai memakan bulan. Ia memecahkan cangkangnya dengan palu, lalu menggunakan jarinya untuk mengorek bagian dalam yang lunak. Bulan tidak terbuat dari keju, lebih seperti kue bolu tebal. Rasanya bagai campuran cocopandan, melon dan cincau, manis bagaikan bangun dan bermimpi.

Semakin banyak yang ditelan, semakin terbuka pikirannya. Dan menjadi lebih ringan. Setelah bertahun-tahun mengiyakan perkataan orang dan memohon maaf untuk entah apa, daya tarik bulan yang dimamahnya memberi pencerahan.

Laparnya telah hilang. Ia menjilati serbuk bulan di jarinya, dan menerobos lubang yang terbentuk karena telah dicungkili isinya.

Suara tombol kamera. Lampu kilat, sorotan video.

Ia muncul dan menyaksikan kekasihnya sedang menggoda reporter televisi lokal. Matanya melebar saat akhirnya dia melihatnya.

Matanya berkilau bagaikan bintang. Kakinya yang ramping kuat pejal bak karang bulan. Kuku-kukunya berbentuk bulan sabit keperakan.

Dia terus melangkah meninggalkan jejak kehancuran yang indah di belakangnya, dan tidak meminta maaf untuk itu. Gelombang pasang terakhir berbalik menerjang.[]

Enam Tips Membunuh Naga

Peringatan Pemerintah (dalam hal ini Presiden atau Perdana Menteri atau Kanselir atau Maharaja atau Maharatu atau Kaisar atau Sultan atau Sultanah dan sejenisnya):
Berburu naga untuk dibunuh dapat menyebabkan kematian, cacat jasmani, dan/atau halusinasi.

Belakangan ini, naga telah menjadi hama yang mengganggu produksi pangan sehingga menggagalkan rencana swasembada pangan yang telah ditetapkan pemerintah *(dalam hal ini Presiden atau Perdana Menteri atau Kanselir atau Maharaja atau Maharatu atau Kaisar atau Sultan atau Sultanah dan sejenisnya).*

Bila Anda seorang pemburu profesional atau seorang dukun yang memburu naga untuk mendapatkan kuku dan tanduknya, harap selalu diingat, bahwa naga memiliki sifat licik, berbahaya, dan mematikan. Jangan pernah tertipu oleh keindahan dan keanggunan makhluk-makhluk ini, atau jangan pernah terbujuk rayuan putri-putri yang ingin menjadikan naga sebagai hewan peliharaan pengganti iguana mereka yang mati.

Naga berkembang biak seperti marmut. Dengan alasan hutan habitat mereka kita bakar untuk dikonversi menjadi lahan kebun sawit, maka mereka mengamuk menyerang desa-desa dan daerah pinggiran. Merampas hasil kebun dan sawah. Mencuri ternak dan menculik gadis-gadis cantik. Dan yang terburuk, mereka telah menginjak-injak harga diri kita. Tepatnya harga diri orang-orang desa dan mereka yang tinggal di pinggiran.

Maka kami himbau Anda: para pemburu naga dan dukun sihir, untuk lebih giat berburu makhluk bengis ini agar negara kita kembali aman tentram ria riang gembira senang sentosa tralala trilili bahagia selamanya.

Berikut tips untuk Anda yang ingin bergabung dalam pertempuran melawan makhluk bersayap dan bertanduk ini hingga mereka punah dari muka bumi:

1. Anda butuh seorang gadis untuk memancing naga jantan.

Berlawanan dengan pendapat yang berkembang, gadis itu tidaklah harus masih perawan. Anda yang manusia saja tidak bisa membedakan mana gadis perawan dan mana yang sudah janda, apalagi naga jantan. Yang penting harus muda dan cantik. Apalagi jika ia memegang seutas tali dan di ujung tali tersebut terikat seekor kambing atau domba. Atau lebih bagus lagi, seekor kerbau.

2. Jangan—kami ulangi—jangan pernah berdandan sebagai wanita untuk memancing naga.

Naga jantan tahu mana wanita tulen dan mana yang waria. Suara *falsetto* tidak akan membuatnya tertipu. Jangankan para kestaria yang menyamar sebagai perempuan, sejak naga menyerang dua tahun lalu populasi banci telah berkurang setengahnya.

3. *Untuk memancing naga, Anda harus meminta umpan Anda— seorang gadis—untuk berdiri di tempat terbuka di tengah hutan terpencil.*

Anda harus bersembunyi di balik pohon. Jangan pernah mengalihkan pandangan Anda dari gadis yang menjadi umpan tersebut. Jangan bergerak sampai naga datang. Jangan sampai tertidur. Kita tidak butuh anak hasil kawin silang seperti Nyi Blorong.

4. *Jangan mengatakan pada umpan Anda bahwa tujuan Anda untuk membunuh naga.*

Katakan saja bahwa Anda ingin menangkap barang seekor. Umpan Anda akan protes dan bersikeras bahwa naga merupakan spesies yang terancam punah, karena dia belum pernah melihat naga seumur hidupnya dan desas-desus yang tersebar menyebutkan naga sedang diburu untuk dimusnahkan.

Beberapa kasus pernah terjadi, bahwa sang umpan memberi peringatan pada sang naga yang berakhir dengan kaburnya sang naga ke angkasa, dengan gadis di punggungnya, dan pemburu yang menggigit jarinya. Bagaimana Anda menjelaskan kepada orang-orang tentang kuku jari Anda yang terpotong rapi seakan baru dimanikur?

5. *Jika yang datang menghampiri seekor naga betina, Anda harus ekstra hati-hati.*

Naga betina lebih sensitif dalam mendeteksi keperawanan. Jika anda sudah pernah mimpi basah tapi masih perjaka, lebih baik Anda segera kabur dari hutan. Jangan sampai tertangkap olehnya. Jika tertangkap lebih baik Anda segera bunuh diri, atau Anda akan berakhir di rumah sakit jiwa.

6. Untuk menguji apakah umpan Anda akan berhasil memancing kedatangan naga, bawa gadis tersebut ke Kantor Perwakilan PT. Sari Naga terdekat untuk diuji.

Anda hanya dipungut bayaran sebesar 50% dari tarif normal jika hasil pengujian positif.

Dan jika Anda berhasil membunuh seekor naga, Anda juga dapat menjual kuku dan tanduknya—juga umpan Anda—di tempat yang sama. Anda akan mendapat pembayaran yang memuaskan, setelah dipotong sisa pembayaran pengujian umpan.

*Iklan layanan masyarakat ini disponsori oleh PT. Sari Naga, produsen jamu kuat Kuku Naga dan pil awet muda Tanduk Naga.[]

Penghuni Terakhir

Tungku pembakaran telah padam seluruhnya, menyisakan hangat yang membuat sekujur tubuhku menggigil. Nyaris tak ada cahaya menerang, kecuali dari nyala kecil api kompor yang kugunakan untuk menjerang air. Pikiranku disergap lelah yang akut. Aku butuh secangkir kopi untuk mengusir denyut di pelipis.

Secangkir kopi yang hambar dan kecut.

Ketika aku sedang diam menikmati kesendirian dengan secangkir kopi hambar dan kecut tersebut, satu gelombang yang telah lama tak kurasakan menyergap. *Dia datang. Setelah sekian lama, Dia datang.*

Aku tak tahu apa arti 'lama'. Detik, menit, jam, hari, minggu, bulan, tahun, atau eon hanya bunyi hampa; karena di tempat ini tak ada tolok ukur yang dapat digunakan. Tak ada bulan yang mengorbit bumi, atau planet yang mengedar bintang kuning, tak ada galaksi, tak ada semesta. Manusia terikat oleh waktu: kapan makan, kapan bercinta, kapan berdoa dan kapan berbuat dosa. Di sini, selamanya bisa berarti sekejap mata. Mungkin benar kata Einstein: waktu adalah relatif. Hukum Relativitas.

Dia yang lebih tahu dari Einstein tentang relativitas, duduk di sampingku.

"Apa kabar, Bos?" tanyaku.

"Kamu sudah tahu kabar apa yang akan Kusampaikan," jawabnya sambil tersenyum.

Aku tahu Dia tahu, dan Dia selalu tahu yang aku tahu. Dia tahu yang aku mau.

Aku mengerahkan segenap kemampuanku untuk mengajukan pertanyaan yang telah lama kusimpan.

"Mengapa dulu Kau beri aku rasa cemburu?"

"Karena itulah keinginanmu. Kamu ingin tahu mengapa Adam ada."

Ah. Aku bahkan tak ingat jika pernah punya keinginan itu. Yang aku ingat adalah justru rasa sakit sangat karena panas yang membakar jiwa.

Aku terkekeh. Suara tawaku terasa pahit, mengalahkan kopi yang hambar dan kecut dalam cangkir yang masih terisi setengah. Atau sudah kosong setengah. Persetan.

"Jangan memaki dirimu sendiri," kata-Nya.

Humornya selalu yang terbaik. *Apakah seluruh alam semesta yang berlapis-lapis dan kini lenyap menyatu kembali ke asal juga merupakan humornya?*

"Hmmm ... teori yang menarik, tapi Aku tak harus memuaskan semua keingintahuanmu," kata-Nya sambil tetap tersenyum.

Aneh. Sebagian manusia patuh pada-Nya karena takut. Sebagian lagi menjalankan perintah-Nya karena mengharap. Sedikit yang memuja-Nya karena cinta. Bahkan, ada yang menyetarakan aku dengan-Nya, hanya karena mereka tahu bahwa aku memiliki singgasana di sini. Aku raja, tapi tak lebih dari raja interim.

Dan hampir semuanya pernah menjadi penghuni tempat ini, kecuali para pilihan dan yang waspada. Termasuk si Jibril dan saudara-saudaranya.

Sekarang semuanya telah pergi meninggalkanku sendiri.

"Ayo kita pulang."

Kata-kata yang telah lama kutunggu-tunggu, tapi apalah arti 'lama' jika tak punya makna absolut di hadapan-Nya?

Aku berpikir tentang manusia. Mereka diberi kehendak. Kini, di saat-saat terakhir, aku juga ingin berkehendak.

"Bolehkah aku tinggal di sini saja?"

Dia tersenyum menggeleng.

"Kamu tahu apa anugerah-Ku yang kamu lupakan?"

Aku tertegun. Sebuah kesadaran menyembul, menyesak di dada. Namun rasanya menyenangkan.

"Cinta," bisikku, bergema memantul di dinding-dinding ruang yang perlahan-lahan menghilang, sebelum semuanya lenyap sama sekali.

Neraka telah kembali ke pencipta-Nya.

Dan aku, pemilik ribuan nama: Iblis, Setan, Lucifer, Beelzebub, Diablo, Teufel, Nirgalli, Tiamat, Fek'ihr dan masih banyak lagi; akhirnya pulang.

Pulang.[]

Putri, Kacang, dan Cermin

Meski konon menyebarkan gosip adalah mudah, ternyata ini merupakan bagian tersulit dari rencana saya.

Di era kisah ini, belum ada grup komunitas atau media sosial dan saya tidak mampu membayar pengamen keliling atau tukang jampi-jampi. Upah seorang gadis pemerah susu sapi tidak cukup untuk itu. Tidak.

Berbulan-bulan saya menghabiskan waktu memuji wanita-wanita bangsawan dan sosialita yang datang ke peternakan untuk membeli keju atau sekadar berpose untuk dilukis oleh seniman jalanan Leonardo dan Picasso tentang kehalusan kerut merut di leher mereka sambil menyuntikkan kalimat beracun:

"Katanya seorang putri sejati bisa merasakan sebutir kacang yang diletakkan di bawah selusin kasur."

Tak lama kemudian, para penjahit pakaian kebanjiran pesanan gaun sutra dan satin, karena setiap wanita dengan selera tinggi mengikuti klaim pakar mode bahwa belacu menyebabkan kulit yang halus menjadi kasar akibat iritasi.

Mungkin kalian bertanya-tanya, mengapa saya menyebarkan gosip bodoh seperti itu. Semuanya karena seorang idiot keturunan orang bodoh yang mendiami istana kerajaan. Si idiot yang tampan, dengan kekayaan dan kekuasaan yang cukup untuk mengabaikan kurang akal sehatnya.

Saya tahu gosip palsu saya sudah merasuk ke dalam jantung istana, ketika mendengar berita dari pelatih kuda raja bahwa Sang Pangeran memutuskan pertunangannya dengan putri kerajaan tetangga, menyatakan bahwa calon pengantin wanita *terlalu kasar, bukan putri sejati yang tidak memiliki kelembutan* setelah menginap di puri tamu kerajaan. Saya yakin sang putri tidur di atas dua belas kasur berisikan bulu angsa terbaik yang diperoleh dari peternakan tempat saya bekerja.

Saya tertawa terbahak-bahak saat mendengar kabar itu, sehingga pemilik peternakan dengan kejam memukul saya karena tidak sopan dan memecat saya, sesuai rencana saya.

Gaun yang saya curi dari istri muda pemilik peternakan tampak anggun dan menyembunyikan memar bekas pukulan. Hujan turun dengan derasnya. Sempurna.

Saya sampai di istana dengan air hujan menetes dari gaun saya yang basah kuyup. Saya katakan bahwa saya adalah seorang putri kerajaan negeri jauh. Ratu sendiri yang datang menyambut saya, menyalami tangan pemerah susu yang lembut ini.

Saya memohon agar diizinkan untuk beristirahat setelah mengalami cobaan berat: rombongan pengiring saya diserang penyamun di hutan larangan. Seketika, Ratu memerintahkan pelayan untuk membawa saya ke kamar dengan tumpukan kasur bulu yang menjulang tinggi. Saya memerintahkan pendamping saya keluar kamar, menaiki tangga ke puncak tumpukan kasur, dan tidur nyenyak di rumah baru saya.

Keesokan paginya, sang Ratu *tanpa sengaja* masuk saat saya hendak bersalin pakaian. Saya menjerit, menutupi jubah ke tubuh saya dengan cara yang menyiratkan kesopanan putri kecil dengan tetap memamerkan luka memar. Cermin di dinding menunjukkan bentuk lebam biru di pinggul saya, menunjukkan betapa rapuhnya diri saya.

Jeritan saya mengundang pangeran berlari masuk, dan berdiri menatap sosok saya yang jauh lebih berotot dan berliuk daripada para wanita istana yang gembrot berlemak atau ceking dibalut kulit pembungkus tulang.

"Memar itu!" seru sang ratu.

"Betapa halusnya—maksudku—betapa mengerikan! Berikan wanita muda ini gaun sutra terbaikku!"

Gadis pelayan yang membantuku berganti baju mengangguk dan berlari ke luar kamar.

"Nyenyakkah tidurmu tadi malam?" tanya sang Ratu.

"Tidak. Badan saya pegal-pegal seakan ada yang mengganjal. Saat terbangun pinggul saya memar bagai menindih sebutir kacang," jawab saya memelas.

"Aku khawatir ini salahku," jawab sang Ratu meminta maaf sekaligus senang.

"Begini, kami kesulitan menemukan seorang putri yang pantas untuk Malfroy yang malangini, tapi kamu lulus *fit and proper test*. Malfroy, sayang. Bagaimana menurutmu?"

"Bagus," jawab Pangeran, dengan matanya terpaku pada dada saya yang terbuka.

"Memang sangat bagus."

"Kamu setuju untuk menikah dengan putraku, bukan begitu, Nona... siapa namamu, sayang?"

***

Tentu saja saya menikahinya. Raja dan Ratu memberi saya busana-busana terbaik sebagai hadiah pernikahan dan cermin indah untuk mengagumi mereka. Sayangnya, mereka tidak bertahan hidup di malam pernikahan. Raja Malfroy akan bertahan lebih lama lagi.

Gadis pemerah susu sapi tidak mampu menyewa penyihir, tapi seorang Ratu bisa. Penyihir yang saya sewa berjanji bahwa Malfroy akan tinggal selamanya di dalam cermin hadiah pernikahan saya. Dan dia tidak akan pernah bertambah tua. Keberuntungan seorang idiot.

Suami saya yang baru usianya lebih tua, kurang tampan dan lugu. Namun kerajaan lebih luas dan kekayaannya lebih banyak dari Malfroy. Masalahnya hanya satu, ia mempunyai seorang putri yang sangat cantik dan memiliki tangan selembut tangan pemerah susu sapi. Kulitnya seputih salju, sangat tidak alami.

Untunglah saya masih memliki cermin hadiah pernikahan. Malfroy meyakinkan saya bahwa saya adalah wanita tercantik di dunia. Dan dia tidak pernah berbohong.

Dia tidak akan berani, karena cermin gampang pecah berkeping-keping.[]

Lagu Kecil yang Sedih untuk Prajurit

Suatu ketika, seorang wanita duduk di tepi sungai yang mengalir tenang sambil menyanyikan sebuah lagu kecil yang menyedihkan untuk dirinya sendiri.

Seorang kapten lewat dan mendengar lagu itu. Ia merasa tertekan karena lagu yang menyedihkan tersebut.

"Wahai wanita yang sedang duduk di tepi sungai. Kenapa kamu menyanyikan melodi sedih seperti itu?" tanyanya.

"Saya menyanyikannya untuk suami saya yang pergi ke medan perang sebagai prajurit," jawab wanita yang duduk di tepi sungai.

"Dan siapa nama suamimu?"

Dia mengatakan kepada Sang Kapten nama suaminya. Betapa terkejut sang kapten karena ia kenal dengan suami wanita tersebut dan merupakan salah satu koleganya.

"Aku kenal dia," katanya. "Dia orang baik dan prajurit yang tangguh."

"Mungkin ia prajurit yang tangguh, namun ia adalah suami yang baik dan ayah yang baik sampai perang memanggilnya ke medan pertempuran." Dan ia kembali melantunkan lagu kecil yang menyedihkan itu lagi.

Sang Kapten mengendarai kudanya meninggalkannya wanita di tepi sungai, tapi lagunya terbawa bersamanya dan tanpa ia sadari mulutnya mulai menyanyikan lagu tersebut.

Negeri mereka sedang berperang dengan kerajaan tetangga. Sang Kapten sesungguhnya adalah seorang prajurit yang gagah berani. Namun semakin lama ia menyanyikan lagu kecil yang sedih itu, semakin hilang kecenderungannya untuk kembali ke resimennya.

Setelah menempuh jarak sepenanakan nasi lamanya, Sang Kapten memutuskan untuk mencopot seragamnya dan menjauhi medan pertempuran.

Keesokan paginya, terjadi kehebohan di barak para tentara karena Sang Kapten belum juga kembali ke unitnya, sehingga sebuah patroli dikirim untuk mengetahui keberadaannya, karena sesungguhnya ia adalah seorang perwira yang baik dan cakap.

Patroli pencari menemukannya sedang duduk di bawah naungan pohon beringin yang rindang. Baju seragam dan helm pelindung kepalanya telah hilang dibuang ke selokan, sedangkan pedangnya tergeletak patah di sisinya. Ia menyenandungkan lagu kecil nan sedih dengan lembut untuk dirinya sendiri.

"Anda harus kembali bersama kami, pak," kata Kopral yang memimpin patroli pencarian. "Karena pertempuran akan dimulai besok."

"Jika kalian ingin bertempur, maka pergilah tanpa saya," jawab Sang Kapten. "Saya doakan semoga sukses."

"Kapten sudah gila," bisik seorang tentara. "Lihatlah raut wajahnya, simak suaranya. Jelas akal sehatnya telah tiada."

Mereka membawa kapten itu kembali ke resimennya dengan kedua tangannya diborgol di belakang punggungnya sendiri. Ia tidak mengajukan protes sama sekali, malah terus menyanyikan lagu kecilnya yang menyedihkan sambil berbaris tanpa semangat.

Lagu kecil yang sedih yang disenandungkan Sang Kapten akhirnya menempel di pikiran para prajurit, nyanyian itu tertanam di dalam jiwa mereka sehingga mereka mulai menyenandungkan melodinya.

Ketika mereka membawa Sang Kapten menghadap jenderal, Sang Jenderal berkata:

"Tidak ada tempat bagi pengecut di pasukan ini. Tembak mati dia."

Jenderal tersebut telah bertahun-tahun telinganya pekak akibat suara letusan senapan dan ledakan meriam. Oleh karena itu ia tak dapat mendengar lagu kecil yang sedih sehingga ia tidak terpengaruh olehnya.

Para prajurit membawa Sang Kapten ke tengah lapangan dan mengikatnya ke sebatang pohon. Ia masih menyanyikan lagu kecilnya yang menyedihkan, karena bahkan kematian takkan mampu membuatnya berhenti menyanyi.

Rentetan letusan senapan membuat nyanyiannya berakhir. Namun para prajurit yang menjadi algojo dalam regu tembak tersebut telah mendengar lagu tersebut dan membawa bersama mereka ke dalam tenda-tenda.

Pagi harinya, Sang Jenderal muncul dari tendanya dan menemukan anak buahnya tidak siap untuk berperang. Mereka bersandar pada senapan dengan mata tertutup. Jika saja Sang Jenderal bisa mendengar, maka ia akan menangkap alunan lagu kecil yang sedih memenuhi langit fajar.

"Pengecut!" Ia berteriak marah. "Pengecut semuanya!"

Musuh menyeberangi dataran mendekat. Panji mereka berkibar dan barisan drumband mereka memainkan mars pengobar semangat. Namun mereka tidak menemukan musuh yang menghadapi mereka dengan peluru dan meriam, tapi dengan gelombang demi gelombang lagu kecil yang menyedihkan. Meski tanpa syair, karena mendiang Sang Kapten tidak pernah mempelajarinya, namun melodinya mengajuk rasa rindu, mengingatkan rasa kehilangan dan cinta yang tertahan. Hanya orang tuli seperti Sang Jendral yang tak goyah karenanya.

Dan siapa pun yang mendengarnya, akan meletakkan senapannya ke tanah, melemparkan jubah seragam dan mulai bernyanyi bersama-sama.

Seratus dua puluh ribu suara mendendangkan lagu kecil nan sedih itu. Suaranya melayang-layang melintasi medan perang dan sampai ke tepi sungai tempat wanita duduk tersenyum sendiri.

Kemudian Ia bangun dan mulai menari riang.

Suaminya tak lama lagi pulang.[]

Putri Musim Dingin

Dahulu kala ada seorang putri raja yang lahir pada hari yang paling dingin dalam setahun, sehingga saat dia menangis untuk pertama kalinya di dunia ini, bidan yang membantu kelahirannya meramalkan bahwa ia takkan pernah merasakan kedinginan.

Karena itu ia terkenal dengan sebutan 'Putri Musim Dingin'.

Putri musim dingin suka berkuda yang membuat para petugas istal menggigil (meski ia selalu merawat kuda-kuda itu). Ia suka menjalin karangan bunga dari rumput kering yang menyembul dari salju, dan membiarkan jendela menara terbuka menampung angin.

Meskipun ia cerdas dan menarik, tidak ada pelamar yang merasa begitu terpikat hingga rela gigi bergemele-tuk kedinginan di aula istana yang sangat sejuk, atau lebih buruk lagi, mengembara melintas badai salju seolah-olah berada dalam kabut lembut nan romantis. Ada satu dua yang pernah mencoba, tapi cukup sekali saja. Maka ia belum menikah, dan tak ambil pusing dengan kesendiriannya itu.

Suatu hari, seorang pengunjung istana menceritakan sebuah kisah aneh tentang raja kerajaan tetangga yang telah disihir menjadi balok es dan seluruh istananya membeku. Tak ada yang mampu bertahan di bawah temperatur minus tiga belas derajat celsius, sehingga tidak ada yang tahu bagaimana nasib penghuni istana tersebut.

Malam itu sang putri memutuskan untuk melihat apakah ia bisa mematahkan kutukan tersebut.

Keesokan paginya ia berangkat sebelum matahari sepenuhnya mengangkasa dengan menunggang kuda kerajaan yang paling lebat bulunya, memakai jubah, sarung tangan dan sepatu bot untuk membuatnya tetap hangat. Jubah, sarung tangan dan sepatu bot adalah perintah paksa Ibunda Ratu yang harus diturutinya.

Setibanya di kerajaan tetangga beberapa hari kemudian, ia tak kesulitan menemui istana raja es, karena hal tersebut telah menjadi *trending topic* yang dibicarakan setiap orang. Istana yang mirip benteng di puncak bukit dan dinding batunya telah membeku itu berkilau bagai berlian. Sang putri mengikat kudanya ke pintu gerbang dan menaiki jembatan gantung yang sedingin es masuk ke dalam kastil.

Pintu kastil terbuka tanpa penjaga. Sang putri segera menyadari bahwa tidak dibutuhkan penjagaan: di halaman berserakan bangkai burung dan serigala sekeras batu, membeku saat melewati dinding istana. Ia terus menerobos jauh ke ruang tahta.

Di dalam kastil udara lebih dingin dari luar. Bahkan sang putri pun mulai merasakan dingin yang menggigit. Ia mengenakan jubahnya yang tebal dan terus maju.

Ruang tahta kosong. Tahta yang menjulang tinggi bagai dibuat dari pahatan batu es oleh seniman yang berbakat. Di kakinya terbaring seorang perempuan tua terbungkus jubah mantel.

"Halo?" sapa sang putri. Tidak ada jawaban: perempuan itu telah mati membeku.

Dia mencari lebih jauh ke dalam benteng.

Ia naik ke lantai atas yang jauh lebih dingin lagi. Mengenakan sepatu botnya yang tebal dan hangat dan terus mencari sang raja es.

"Yang Mulia?" seru sang putri. Suaranya bergema memantul menegakkan bulu roma di dinding-dinding tinggi membeku.

"Saya datang untuk membuka hubungan diplomatik antar kerajaan."

Kalimat itu merupakan hasil perenungannya sepanjang perjalanan menuju ke istana sang raja es, karena ia tak suka basa-basi. Tetap saja, suaranya memantul tanpa terjawab.

Di ujung lorong, sampailah ia di sebuah pintu kayu besar berukir yang berkilau oleh embun membeku dan dingin mencekam, sehingga sang putri musim dingin ragu untuk menyentuhnya. Maka ia mengenakan sarung tangan tebal dan hangat dan membuka pintu.

Kamar tidur itu dihiasi tirai sutra Cina dan Jepang, permadani tebal dari Persia dan Korea, dengan rak-rak penuh buku dan tempat tidur berkanopi yang bagus. Udara begitu dingin sehingga setiap butir uap napasnya langsung membeku menjadi salju. Di kursi ayun berlengan, duduk seorang pria yang sedang serius membaca. Ia menatapnya dengan takjub. Sang putri lega melihat bahwa ia belum membeku menjadi patung es sama sekali, meski kulitnya membiru dan embun menempel pada ujung kumis dan janggutnya.

"Yang Mulia," kata sang putri.

"Saya datang untuk—"

Kata-kata sang putri terputus sejenak. Kalimat yang telah disiapkannya secara matang rasanya tak pantas diucapkan pada raja yang kesendiriannya begitu menyedihkan, "—untuk mematahkan sihir yang membelenggu Anda."

"Membebaskan saya dari kutukan sihir?" tanya sang raja es bergaung memantul di dinding beku.

Sang putri mengangguk yakin.

"Tidak ada cara untuk menghancurkan kutukan itu," kata sang raja.

"Atau lebih tepatnya, satu-satunya cara untuk mematahkan kutukan adalah dengan menikahi penyihir yang melepaskan mantra dalam satu tahun lebih sehari. Tapi sebelum kutukan selesai diucapkan ia telah mati beku duluan."

Ia mendengus kesal dan menghapus es dari ujung kumisnya. "Ia bukan penyihir yang pintar."

"Saya kira Anda bisa menikahi mayat itu," saran sang putri.

"Percayalah, Itu tidak berhasil," jawab sang raja murung.

Putri menatapnya sejenak: seorang raja sendirian di sebuah puri mewah yang kosong. Lalu ia tersenyum.

"Kalau begitu kita akan mengubah situasi Anda sehingga tak terlihat sebagai kutukan," katanya.

"Apakah Anda akan senang jika ada yang menemani?"

"Senang?" sang raja berseru. "Aku bisa mati bahagia!"

Maka sang putri menemani raja es selama beberapa hari, dan mereka berdua merasa sangat bahagia dengan kebersamaan itu.

Beberapa hari kemudian, sang putri kembali ke kerajaannya dan melakukan sensus penduduk untuk menemukan orang lain yang lahir pada hari yang paling dingin sepanjang tahun seperti dirinya dan tahan dengan cuaca dingin.

Dia mempekerjakan mereka untuk menggantikan para penghuni istana yang hilang, mulai dari pelayan sampai kstaria dan bangsawan, dan mereka semua diperlakukan dengan baik dengan upah melebihi UMR. Kunjungannya untuk menemui raja es semakin sering dan lama sampai akhirnya mereka berdua mengambil keputusan yang paling rasional yaitu sang putri pindah ke istana raja es secara permanen dan menjadi ratu es.

Berdua mereka memerintah negara menjadi kerajaan yang makmur aman sentosa, dan terisolasi. Dan karena es cenderung abadi di cuaca yang dingin, sepengetahuan penulis, kerajaan es itu masih bertahan hingga sekarang.

Entah jika karena pemanasan global sehingga seluruh es di bumi mencair, maka penulis akan mengisahkan dongeng tentang putri duyung.[]

Ikan Mas di Kolam Air Mancur

Sekeping uang logam seribu rupiah terhempas ke dalam kolam air mancur di depan warung makan *Imah Kuring*, mengejutkan salah satu ikan mas penghuninya. Dia berenang ke dasar kolam untuk menyelidiki benda yang berkilau tersebut. Tidak ada yang tahu, bahwa ikan mas itu adalah keturunan Dewa Ikan yang terbiasa mengabulkan permintaan manusia. Pernah mendengar legenda tentang asal-usul Danau Toba, dongeng Rusia *'Istri Tua yang Serakah'* oleh Vladimir Propp, *'Nelayan dan Istri-nya'* dari Grimm Bersaudara, atau puisi Pushkin yang berjudul *'Skazka o rybake i rybke'*? Kisah ini tidak ada hubungan sama sekali dengan mereka.

Ikan mas *kita* mengambil uang itu dengan mulutnya —*dia seekor ikan yang besar untuk ukuran seekor ikan mas*—dan merasakan sensasi yang berasal dari tangan-tangan manusia yang tak terhitung jumlahnya: getaran hasrat dan keinginan, harapan dan keputusasaan, pencarian dan kehilangan. Namun keinginan seorang perempuan yang sangat mendambakan pekerjaan membuatnya penasaran, dan dia tak dapat mengetahui detailnya sebelum menelan keping logam tersebut. Maka benda logam itu ditelannya, dan perutnya mulai mencerna.

Malam yang cerah bertambah cemerlang oleh pantulan cahaya sekeping logam uang seribu yang berkilau di dasar kolam di depan warung *Imah Kuring*. Namun dia bukan uang logam biasa, karena uang logam itu merupakan titisan ikan mas yang beralih rupa. Anak pemilik warung yang baru pulang dari mengaji membersihkan kolam tersebut, dan mengambil koin itu, lalu memasukkannya ke dalam laci kasir, bercampur dengan uang logam lainnya.

Ikan mas yang berubah menjadi uang logam itu menyadari bahwa warung kecil itu tidak bisa memenuhi keinginan perempuan yang memimpikan bekerja sebagai *copywriter*. Maka keesokan harinya ia berpindah ke saku seorang lelaki tua. Di perjalanan, saat orang orang tua itu meraih sapu tangan dari saku celananya, uang logam itu jatuh menggelinding untuk kemudian ditemukan seorang anak kecil.

Anak kecil itu menggunakannya untuk membayar cilok yang dijual di depan sekolahnya, dan pedagang cilok memberikannya kepada seorang mama muda sebagai kembalian. Begitu seterusnya, ikan mas ajaib berupa uang logam itu berenang dari tangan ke tangan manusia demi menyelesaikan tugasnya.

Akhirnya, dia masuk ke dalam saku seorang pria muda, lelaki berkacamata kikuk yang kepalanya penuh dengan angka-angka, saking kikuknya selalu menumpahkan kopi dari cangkir di tangannya. Direktur perusahaan *advertising* yang mulai menanjak, bingung tak tahu bagaimana menghabiskan uangnya, bosan hidup sendirian dan berkeinginan membina rumah tangga. Keinginan yang begitu kuat sehingga getarannya membuat ikan mas dalam rupa tembaga itu melompat dari sakunya dan jatuh ke atas meja dan menggelinding jatuh di dekat sepatu kulit hitam berkilat sang pria muda.

Pria muda itu melihat ke bawah dan menemukan sekeping logam yang paling berkilau yang belum pernah dilihat seumur hidupnya.

Sang ikan mas memaksa diri untuk tetap diam di jepit jari pria itu. Ini kesempatannya untuk memadukan dua keinginan dari dua anak manusia. Dua soal satu jawab.

Bukan kebiasaan direktur perusahaan *advertising* itu untuk memeriksa resume pelamar sendiri. Satu nama perempuan menarik perhatiannya. Ia membaca *curriculum vitae*-nya dengan seksama. Tanpa sadar ia terpesona pada wajah tanpa rias dalam pasfoto berlatar merah.

Untuk mengirim email panggilan wawancara, ia harus menggunakan kedua tangannya. Maka uang logam itu meluncur kembali ke dalam saku celananya. Ikan mas berbentuk uang logam itu mendarat kelelahan tapi puas. Namun hanya sesaat. Benang jahit lapisan satin saku celana pria itu terlepas oleh gesekan sisi uang logam, membentuk lubang yang cukup besar untuk dilaluinya. Keping seribu rupiah itu terjatuh ke atas karpet, menggelinding dan ditemukan *office boy* tak lama kemudian.

Mendadak, *office boy* itu ingin makan masakan Sunda. Ia baru saja mendapat bonus. Bergegas ia menuju warung makan *Imah Kuring*. Sebelum masuk langkahnya terhenti di sisi kolam air mancur yang berada di halaman depan warung tersebut. Ia ingat bahwa di Itali ada kepercayaan jika kita mempunyai keinginan, agar terkabul, lemparkan sekeping uang logam ke dalam kolam air mancur. Maka ia berkomat-kamit mengucapkan keinginannya, lalu melemparkan sekeping uang logam yang berkilauan ke permukaan kolam.

Koin itu kembali ke bentuknya semula, seekor ikan mas yang besar. Dia memuntahkan sekeping uang logam. Uang logam yang biasa saja, tidak berkilau menarik pandang. Dia berharap salah satu teman sekolamnya akan mengambil uang logam tersebut dan menelannya.

Dia benar-benar berharap.[]

Sepucat Salju Sekelam Darah

Sang Ratu menyisir rambutnya yang halus panjang, wajahnya bercahaya hasil mandi susu dan operasi plastik di *Viora Medspa Cosmetic Surgery* di Koreatown, New York. Mengenakan gaun yang baru dibelinya di *Via dei Condotti* 52 serta kalung berlian dari *Via del Babuino* 118, Roma, ia duduk di depan cermin dan bertanya:

"Cermin cermin di dinding. Siapa wanita tercantik di negeri ini?"

Pertanyaan yang salah, karena jawaban yang diberikan adalah "Putri Salju."

"Tidak mungkin! Aku telah membunuhnya dengan racun paling mematikan!"

Perempuan yang menjadi Ratu dan ibu tiri putri mendiang Raja itu mengamuk bagai puting beliung skala 5 Saffir-Simpson. Dia mengutuk, melemparkan pernak-pernik yang berada di dekatnya, sebelum akhirnya membanting cermin. Cermin ajaib hancur berkeping-keping, dan setiap pecahannya mengaduh mengerang kesakitan, namun ibu tiri tak peduli dan segera berlalu pergi.

***

Putri Salju terbangun dalam peti mati kaca. Lidahnya terasa asam getir pahit buah apel yang tersisa di tenggorokannya yang kering. Sosok wajah asing menatapnya, menyeringai memamerkan giginya. Dia bangkit, menyapu lehernya yang perih dengan telapak tangan. Dua titik darah menempel di situ.

Orang asing itu kembali tersenyum, membuat gigi taringnya semakin meruncing.

"Akhirnya kamu bangun! Kamu sudah tidur cukup lama. Bagaimana perasaanmu?"

"Baik."

Putri Salju mengedarkan pandangan ke sekitarnya. Cahaya bulan seterang matahari menembus jendela puri. Tujuh teman-temannya mengintip dari balik batang pinus gunung dengan tatapan ngeri.

"Ada apa?" tanyanya. Aku baik-baik saja."

Orang asing itu yang menjawab.

"Aku rasa kamu tidak baik-baik saja," katanya, menjulurkan tangannya membantu Putri Salju keluar dari petinya. Seorang pria tampan dengan wajah pucat pas. Bibirnya semerah air daun sirih dikunyah. Tatapannya memancarkan daya hipnotis yang menenangkan sekaligus membius. Di kepalanya terdapat mahkota emas berhiaskan rubi berbentuk tengkorak.

"Secara teknis, kamu telah mati."

Putri Salju merasakan jantungnya berhenti berdetak, namun dia memaksa diri untuk tersenyum.

"Setidaknya ibu tiriku takkan mengangguku lagi."

Tentu saja dia salah.

***

Ratu mencapai puri setelah senja. Taman puri telah menjadi hutan rimba bayangan setelah bertahun-tahun diabaikan. Namun dari jendela puri terlihat cahaya kandil menyala.

Dia masuk menyerbu melalui pintu besar tanpa mengetuk, dan segera saja dirinya berdiri di aula dalam remang-remang cahaya lilin.

Putri Salju berdiri di hadapannya. Wajahnya pucat, lebih putih dari sebelumnya.

"Aku tidak mengharapkan kedatangan ibunda Ratu."

"Anak kurang ajar! Beraninya kau bicara seperti itu padaku!"

"Kumohon. Pergilah, cepat! Suamiku setuju untuk membiarkan ibu hidup. Pulanglah. Hentikan persaingan konyol ini, dan kami akan membiarkan ibu hidup."

"Suami, katamu? Padahal kamu sudah mati berbaring di dalam peti mati! Aku ingin berkenalan dengannya!"

Satu suara bergaung. "Seperti yang Anda inginkan."

Seorang pemuda memakai jubah hitam dengan mahkota emas di kepalanya memasuki ruangan dan menggandeng Putri Salju dengan lembut.

"Jadi, Anda mengakui bahwa Anda meninggalkan istri saya terbaring di dalam peti mati."

"Dia sudah mati! Aku sudah pastikan bahwa dia sudah mati waktu itu!"

"Memang, Anda tak keliru," pemuda tampan itu tersenyum setuju. Senyumnya menunjukkan gigi taring yang menonjol runcing.

"Meski begitu, Putri Salju masih yang tercantik dibandingkan semua perempuan yang ada."

"Ibunda Ratu, perkenalkan suamiku, Pangeran Drakula," sela Putri Salju memperkenalkan pria yang diakui sebagai suaminya sembari memamerkan gigi taringnya yang mulai mencuat dari gusi atas.

Pemuda itu memegang satu lengan sang Ratu dan Putri Salju memegang yang sebelahnya. Cengkeraman mereka berdua begitu kuat seakan bukan dilakukan oleh manusia.

"Mari ikut. Tepat saat santap malam."

Saat dua pasang gigi taring yang tajam menancap di lehernya, sang Ratu baru menyadari kekeliruannya.

Seharusnya ia bertanya:

"Cermin cermin di dinding. Siapa wanita tercantik yang HIDUP di negeri ini?"[]

Sapu

Pemuda yang mata kanannya buta itu melakukan perjalanan jauh untuk menemui seorang wanita tua yang terkenal karena kemampuannya menyembuhkan berbagai penyakit. Dari rumah ia naik ojek, kereta komuter, bis bandara, pesawat terbang dan taksi karena ia tidak bisa melihat dengan baik untuk mengemudi mobil. Ia hendak membeli mobil, dan oleh karena itu ia ingin mengobati matanya.

Perempuan tua itu mendudukkannya di lantai semen, duduk *bersila* di depannya, lalu diam sejenak. Kemudian ia mengulurkan tangannya dan menyentuh kelopak mata kanannya. Seketika itu juga penglihatannya pulih kembali.

"Berapa saya harus bayar?" tanya pemuda itu.

"Tidak sepeser pun."

"Saya merasa tidak pantas jika saya tidak memberikan Anda sesuatu. Bagaimana kalau saya mengajak Anda makan malam?"

"Baiklah," jawab perempuan tua itu.

"Tapi dengan satu syarat: jika ada pertanyaan yang ingin kamu tanyakan, kamu harus tanyakan langsung padaku."

Sementara mereka makan, pemuda tiba-tiba bertanya:

"Bagaimana cara Anda mendapatkan kekuatan penyembuhan?"

"Aku menyapu rumah tiga kali sehari," jawab perempuan itu sambil menyendok sup kepiting. Dia berhenti sejenak. "Kadang-kadang empat kali."

Pemuda itu mengerutkan jidat.

"Bagaimana mungkin menyapu memberi Anda kemampuan menyembuhkan?"

Sapu

Sambil mengusap tetes krim sup dari sudut bibirnya dengan punggung tangan, perempuan tua itu menjawab:

"Ketika lantai rumah bersih, saya tidak pernah ragu untuk duduk bersila."[]

Selembar Lontar dari Janda Desa Girah untuk Erlangga alias Sri Maharaja Rakai Halu Sri Dharmawangsa Airlangga Anantawikramottunggadewa

Paduka Erlangga,
Saya bukan perempuan buruk yang sepenuhnya jahat, meskipun jika dilihat dari susur galur seluruh pendahulu saya mendapat predikat sebagai penyihir yang ditakuti pada masanya. Bukan hal yang luarbiasa, sebetulnya. Jika paduka mempu menangkap apa yang tersirat pada setiap kalimat yang dituliskan oleh para empu tentang babad kerajaan, paduka pasti menemukan siapa yang menjadi pemerkosa, pengkhianat dan maniak pembunuh di antara nenek moyang paduka. Artinya, nenek moyang kita kelakuannya tak jauh berbeda. Hanya saja pihak saya lebih mumpuni.

Tapi tujuan saya menuliskan di daun lontar ini bukan untuk membanding-bandingkan induk asal bibit kita, meski — sekali lagi, asal-usul saya lebih baik.

Saya ingin menyampaikan bahwa saya kesal, kecewa, marah, getun. Tidak ada emotikon, emoji atau gambar stiker yang dapat mewakili perasaan saya saat ini. Saya tahu dari telik sandi saya di istana bahwa gudang kas kerajaan saat ini nyaris kosong karena kesukaan paduka membangun candi-candi, mengundang para pendukung untuk makan-makan di istana atau blusukan ke gorong-gorong ibukota kerajaan secara mendadak. Namun begitu, dengan segala hormat dan sukacita, tidak akan menghalangi saya untuk mengabarkan

Selembar Lontar dari Janda Desa Girah untuk Erlangga alias Sri Maharaja Rakai Halu Sri Dharmawangsa Airlangga Anantawikramottunggadewa

pada paduka bahwa saya berniat untuk mengambil alih tahta paduka berikut seluruh kerajaan untuk saya sendiri.

Tidak diragukan lagi, utusan saya yang gendut dengan pakaian sutra asli dari kapal saudagar Cina dan memakai kalung rantai emas Swarnadwipa sedang berdiri di hadapan paduka mengajukan tuntutan agar paduka membayar upeti yang akan menguras kas kerajaan. Utusan saya merupakan salah satu murid saya yang tingkatan ilmunya paling rendah, dan saya tak keberatan jika paduka ingin memenggal lehernya sekarang juga. Maka saya akan punya alasan kuat untuk menyerang istana. Meskipun saya tetap akan menyerang walau paduka tidak memenggal leher utusan saya, tapi setidaknya paduka telah berhasil memenggal kepala si gendut bodoh tak becus yang hanya bisa menghabiskan nasi dan lauk itu.

Tapi jangan lupa untuk berbaik hati mengirimkan kepalanya kembali kepada saya dalam sebuah kotak kayu yang terbuat dari pohon maja disertai catatan: ERLANGGA TIDAK AKAN PERNAH MENYERAH PADA SRI MAHARATU CALON ARANG MALEFICENT SIMILIKITI VAN DIRAH.

Jangan tanya mengapa saya harus menyandang gelar yang mentereng namun asing itu. Saya hanya menjalankan tradisi turun-temurun para penerus kekuasaan kerajaan yang selalu berusaha tampil beda dari pendahulunya. Bukankah itu juga yang paduka lakukan? Termasuk mengangkat kanca-kanca untuk menjabat wedana, menteri, bakul pasar saham atau petugas timbangan garam dan lada. Sebetulnya bukan tradisi. Lebih karena pada sangkil dan mangkus.

Maaf saya ngelantur.

Jangan ragu untuk menyebarkan berita hoax tentang saya, menuduh pihak asing mencampuri kadaulatan kerajaan, menangkap mata-mata dan pengkhianat (saya bisa memberikan beberapa, jika paduka membutuhkan nama-nama), bahkan mengirim prajurit untuk mengalahkan saya. Sungguh, percobaan pembunuhan yang baik membutuhkan pemikiran dan upaya serius. Agar adil sesuai dengan prinsip "ALL FAIR IN LOVE AND WAR" (demikian tatacara negeri mancanegara yang saya tidak begitu mahfum maksud dan artinya), saya akan pastikan beberapa orang yang Anda cintai akan dibantai dengan seksama. Saya punya prajurit yang terlatih baik. Namun saya rasa paduka setuju bahwa sedikit bumbu insiden akan membuat perseteruan kita menjadi lebih bermakna.

Berbicara tentang prajurit saya, paduka akan menyukai ini. Kebanyakan merupakan mantan pendukung paduka yang sakit hati. Jangan salahkan mereka. Paduka terlalu banyak mengumbar janji saat mengibarkan panji peperangan melawan Wengker yang didukung Sriwijaya. Saya paham bahwa saat ini paduka menghadapi masalah dari dalam, para penjilat yang mengharapkan remah-remah yang tersisa dari kas kerajaan. Mereka bagai tumbila yang diadu boksen saling gigit dan bertukar bogem. Akan lebih baik jika paduka sendiri yang membereskan mereka, karena saya sudah bosan mengeluarkan isi nyali satu persatu anggota keluarga paduka dengan kuku saya yang baru saja dipedikur. Yang perlu juga paduka ketahui, pasukan sakit hati yang kini berada di pihak saya — atau menggunting dalam selimut dari sisi paduka, sudah ingin merasakan mangut daging Erlangga.

Paduka Erlangga,
Orang-orang memiliki harapan tertentu dari seorang tiran, tapi saya rasa saya tidak perlu memberitahu paduka untuk tidak menyerah kecuali paduka benar-benar menghendakinya. Saya lebih suka mendengar jeritan

Selembar Lontar dari Janda Desa Girah untuk Erlangga alias Sri Maharaja Rakai Halu Sri Dharmawangsa Airlangga Anantawikramottunggadewa

kesakitan yang jujur daripada kata menyerah ampun karena takut.

Saya bisa menjanjikan paduka kekayaan, kekuasaan, atau kemuliaan, tapi kita berdua tahu bahwa janji saya itu tak berguna bagi paduka. Bahkan jika paduka menghendaki agar saya memberikan kekayaan, kekuasaan dan kemuliaan, saya tidak akan memberikannya. Karena itu berarti saya telah membeli paduka, dan saya tidak suka seseorang yang begitu gampang dibeli. Paduka setuju?

Saya penasaran mengapa paduka masih membaca tulisan di daun lontar ini. Seharusnya paduka sudah melemparkannya dengan jijik ke api pemujaan dan memerintahkan panglima perang sekaligus ipar paduka itu untuk mengirim pasukan untuk menangkap saya. Lakukanlah. Saya sudah menyiapkan catatan kaki tentang paduka untuk disimpan dalam Perpustakaan Kerajaan yang kelak akan diukir di tengkorak paduka. Saya masih berbaik hati untuk menghormati paduka.

Hormat paduka, meski tak lama lagi sebutan paduka menjadi mendiang.

C. Arang

N.B: Oh ya, tentu saja daun lontar ini telah dicelup racun yang mematikan bagi siapa saja yang menyentuhnya

(*Lembar lontar tersebut tak pernah sampai ke tangan Prabu Airlangga karena utusan Calon Arang yang gendut kepo itu telah membacanya di tengah perjalanan menuju Kahuripan--pen.*)[]

Fiksi Penggemar

Victoire Weasley dengan canggung berusaha melepaskan diri dari pelukan erat mamanya.

"*Maman*, aku tak bisa bernafas!" keluhnya untuk kesekian kali, hingga akhirnya Fleur Weasley melepaskan putri sulungnya itu.

Victoire melirik papanya, yang ternyata sedang menatap tajam Ted Lupin yang berdiri tak jauh dari mereka. Cowok itu juga sedang dipeluk erat neneknya, Dromeda Tonks. Kelihatan Ted sama kesulitan untuk melepaskan pelukan neneknya.

"Vicky!" terdengar suara melengking memanggilnya dari gerbang Platform 9 3/4 King's Cross Station.

Victoire meruncingkan bibirnya pertanda tak suka dengan nama panggilan tersebut. Aeryn Whelan berlari-lari sambil menyeret tas perjalanan yang hampir sama besar dengan tubuhnya. Aeryn seorang penyihir dengan kedua orang tua *muggle*. Namun dengan wajah yang sangat mirip dengan Rowena Ravenclaw, orang akan menduga bahwa ia sebetulnya mempunyai hubungan kekerabatan dengan pendiri Asrama Ravenclaw di Hogwarts School of Witchcraft and Wizardry.

Tuan dan Nyonya Whelan mungkin saat ini masih berdiri meraba-raba tembok antara Platform 9 dan 10. Gerbang Platform 9 3/4 memang hanya dapat dilalui oleh penyihir.

"Menyenangkan bukan? Liburan musim panas akan kita habiskan di tempat yang masih merupakan misteri," seringai Aeryn lucu sehingga Victoire tak sanggup menahan senyum.

"Tapi jika sekali lagi kau memanggilku Vicky, aku akan mengubahmu menjadi kodok!"

"Selamat malam tuan dan nyonya Weasley," sapa Aeryn kepada Bill dan Fleur. Ia memandang wajah Fleur yang kelihatan tetap seperti gadis remaja, tak ter-paut jauh dengan Victoire yang juga cantik luar biasa.

Pasti karena darah Veela yang mengalir dalam tubuh mereka, katanya dalam hati.

"Oread tidak bersamamu?" tanya Aeryn kepada Victoire karena ia tidak melihat burung hantu kuning peliharaan sahabatnya itu. Sebetulnya aneh juga, seorang Gryffindor berteman akrab dengan Ravenclaw. Mungkin tidak terlalu aneh, mengingat bahwa Vicky berpacaran dengan Ted dari Asrama Hufflepuff!

Belum sempat Victoire menjawab, gerbang Platform 9 3/4 kembali terbuka dan sesosok tubuh tinggi besar muncul dengan tergesa-gesa.

"Hagrid!" seru Aeryn dengan gembira, tapi segera keningnya berkerut ketika melihat pemuda yang ber-jalan di belakang Hagrid sebelum Gerbang menutup.

"Slytherin...," desahnya risau. Quint Slughorn berjalan santai bagaikan bayang-bayang tengah hari Hagrid, tapi anehnya tetap tak tertinggal meskipun langkah Hagrid begitu lebar dan tergesa-gesa.

Ted Lupin memeluk neneknya sekali lagi sebelum bergabung dengan mereka.

Bill menjabat erat tangan Hagrid.

"Titip putriku, Hagrid," ujarnya pada pria setengah raksasa itu. Bill bergegas kembali dari Mesir menggunakan floo powder hanya untuk melepas kepergian putrinya itu.

"Tentu, Bill," jawab Hagrid dan menoleh kepada empat murid Hogwarts yang ada di situ. *Menjaga anak gadis yang sedang kasmaran bukan tugas yang gampang,* Hagrid mengeluh dalam hati. *Jauh lebih mudah menjaga Hydra.*

"Mari kita berangkat," ujarnya sambil melangkah menuju peron tempat kereta Hogwarts Express menanti. Lokomotif uap 4-6-0 Hall Class GWR 5900 itu sudah membunyikan loncengnya memanggil penumpang untuk berangkat.

Hagrid, Victoire, Ted, Aeryn dan Quint menaiki gerbong terdepan. Penumpang Hogwarts Ekspress hanya ada mereka berlima, bertujuh dengan masinis dan kondektur. Tidak ada penyihir lain yang ikut dalam perjalanan ini. Untuk pertama kali, kereta api yang biasanya menjalani rute King's Cross Station - Hogsmeade itu akan menyimpang dari jalur tetapnya.

Jauh menyimpang. []

Mereka Hidup Bahagia Selamanya, Tamat

Ia baru saja *menjadi* pengendara kereta. Seorang kusir, tepatnya. Kusir kereta kencana yang berasal dari kebun belakang seorang janda dengan tiga orang putrinya.

Suara alunan musik walsa membuatnya tersedot ke arah jendela. Para bangsawan menari berpasangan di lantai ruang dansa, tubuh kaum borjuis sosialita dibalut busana mahakarya buatan tangan desainer ternama, di bawah siraman cahaya dari lampu kristal yang bergantung di langit-langit tinggi berlukiskan malaikat dan bidadari sedang berpesta. Glamor, anggun berputar di lantai dalam pola gerak rumit koreografi sempurna. Mengikuti langkah dan memainkan peran mereka, tersenyum begitu gembira karena mereka tahu — mereka semua tahu — bahwa mereka sedang menjadi sesuatu.

Kusir itu juga tahu — saat ia menekan wajahnya ke jendela dan menahan napas agar awan kabut tak menghalangi pandangannya — tempatnya di luar, bersama kuda-kuda, membelai leher dan merapikan surai dan berbisik lembut untuk menenangkan sahabat-sahabatnya yang mudah gelisah karena dinginnya cuaca, hewan cantik megah bulu mengkilap laksana pantulan bintang di danau tenang. Kuda-kuda yang telah berpacu sepanjang jalan berliku, jalan berlubang mendaki ke istana dengan kecepatan makhluk berkaki empat. Mereka tahu tempat, peran dan fungsi mereka. Sama seperti dirinya. Mereka semua melakukan tugasnya. Kereta kencana, kusir, kuda, pengawal: sempurna, padu.

Namun bagaimana mungkin hal itu terjadi?

Bagaimana ia bisa tahu tugasnya? Dari mana ia mendapatkan keahliannya? Di mana dia melatih? Kapan?

Apakah yang pernah terjadi dalam hidupnya sebelum malam ini tidak lagi berarti, tak bersisa dalam memori? Yang ia tahu bahwa malam ini ia dan teman-temannya harus mengantarkan si putri tiri ke istana dan — sebelum jam dinding dua belas kali berdentang — membawanya kembali pulang ke rumah di mana ia akan dperlakukan tak lebih dari seorang babu, si Upik Abu.

Tapi mengapa ia merasa gemetar, matanya nanar menatap bulan terhalang awan dan kepalanya berayun dalam tarikan pendulum? Mengapa ia mendadak begitu takut?

Seiring suara gema lonceng istana meningkahi bunyi ketukan sepatu kaca dibawa berlari, kulitnya semakin kering. Tulang-tulangnya mengerut dan rambut mencuat menembus jangat. Berat tali kendali dan juga cemeti. Sang putri berlari tergesa-gesa menaiki kereta kencana. Hewan penghela berderap menuruni jalan bergelombang bagai dikejar gema bunyi lonceng dentang.

Kuda-kuda menjerit saat kereta runtuh penjadi serpihan labu dan pengawal terpelanting pingsan tak sadarkan diri. Si Kusir sangat ingin membantu namun kakinya terantuk sesuatu dan tubuhnya gepeng tertindih benda berat. Segalanya menjadi gelap adanya.

Ia tak pernah tahu bahwa tugasnya telah berakhir bersama pudarnya dentang kedua belas lonceng istana.[]

Tentang Penulis

Ikhwanul Halim lahir di sebuah toko buku di Banda Aceh, Sabtu malam 25 Juli 1965. Saat itu suasana mencekam. Listrik sering padam. PKI gentayangan.

Hobi membaca sejak umur 3 tahun, setelah melalui perjalanan hidup yang lumayan panjang, di usia 49 tahun memutuskan untuk mulai hobi menulis.

Meski setiap hari menulis dan kerap menerbitkan buku, dia bingung kalau ditanya sudah berapa buku yang ditulisnya.

"Lupa," jawabnya enteng.

www.ingramcontent.com/pod-product-compliance
Lightning Source LLC
LaVergne TN
LVHW040100080526
838202LV00045B/3720